講談社文庫

QED
～ortus～　白山の頻闇《しきやみ》

高田崇史

講談社

目次

QED
～ortus～

白山の頻闇《しきやみ》

是《こ》の時に、
菊理媛神《くくりひめのかみ》、亦白《またもう》す事有り。
伊弉諾尊《いざなぎのみこと》聞《きこ》しめして善《ほ》めたまふ。

『日本書紀』

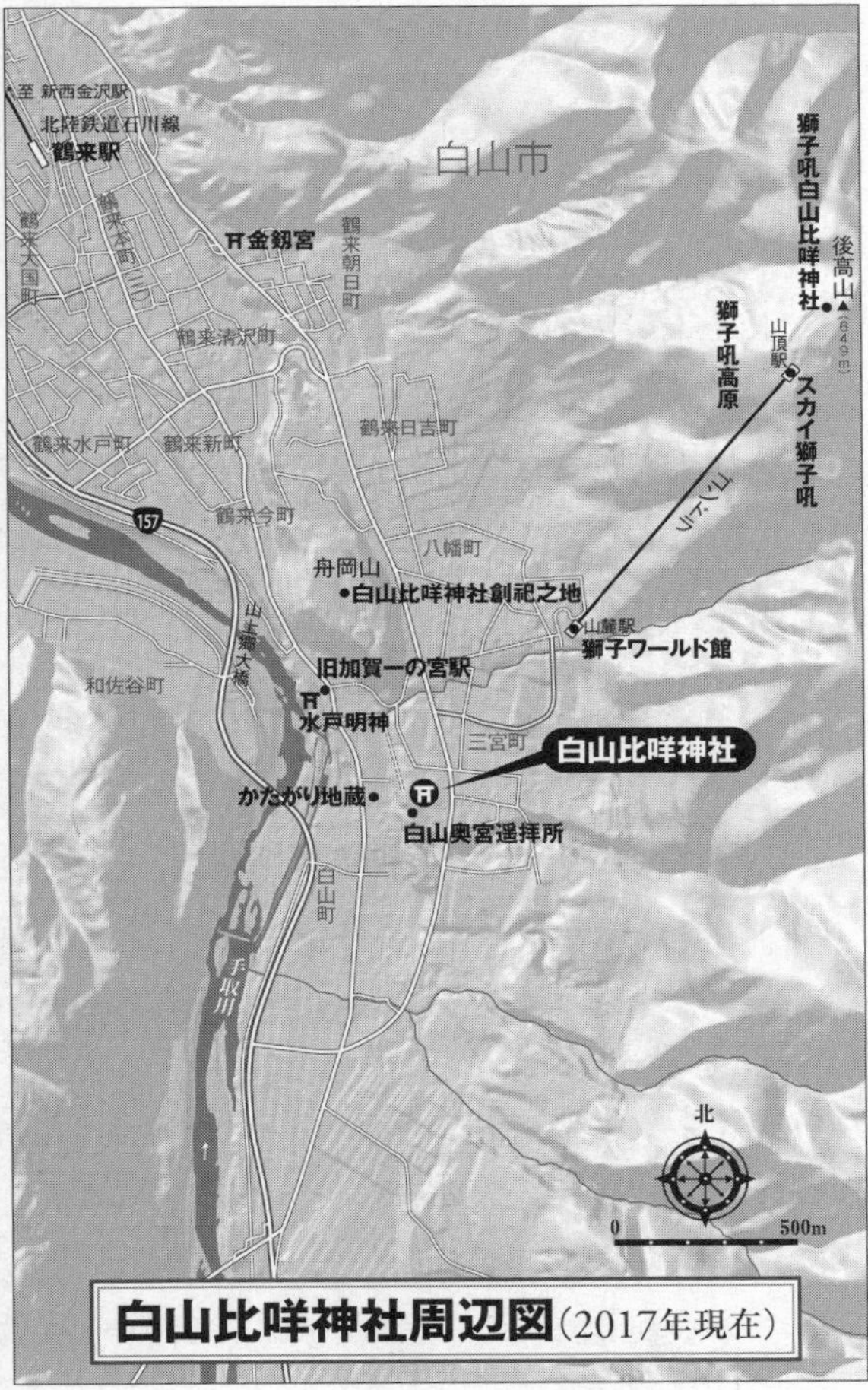

白山比咩神社周辺図（2017年現在）

目次

《プロローグ》

日本最古の正史『日本書紀』に、たった一行だけ姿を現すが『古事記』には全く登場しない女神がいる。

それは、菊理媛神《くくりひめ》。

伊弉諾尊《いざなぎのみこと》が、命を落とした伊弉冉尊《いざなみ》を追いかけて黄泉国《よみのくに》まで行ったものの、変わり果てた姿に恐れをなして逃げ帰ろうとした。その態度に怒った伊弉冉尊は伊弉諾尊を追って、この世とあの世との境である黄泉比良坂《よもつひらさか》で対峙《たいじ》し、言い争いになる。

その時、突如姿を現し、二人に向かってたった一言だけ何事かを告げ、再び姿を消してしまった女神。

その謎の女神を祀《まつ》っているのが、ここ加賀《かが》国の白山比咩《しらやまひめ》神社であり、祭神の白山比咩大神《おおかみ》は、言うまでもなく菊理媛神である。二千年もの長きにわたり鎮座《ちんざ》されている
この女神の霊験《れいげん》は、実に多岐に亘《わた》る。

そのためでもあるのだろう本地仏《ほんじぶつ》——本来の姿としての仏は、十一面観音とされて

いる。どちらの方角にも顔を向け、人々を救い、十種の現世利益と四種の来世果報をもたらしてくれる、非常に尊い菩薩《ぼさつ》だ。

ところが――。

近代という、神を畏《おそ》れず、仏を敬わぬ時代がやって来た。

特に非道だったのは、江戸末期から明治にかけての時代だ。

神仏分離令《しんぶつぶんり》、廃仏毀釈《はいぶつきしやく》などという、日本史上でも稀《まれ》に見るような悪法がまかり通り、それに伴って仏ばかりか、時の権力者にとって都合の悪い神々も棄《す》てられ、あるいは無理矢理に習合させられた。かの福沢諭吉《ふくざわゆきち》などは、祠《ほこら》の中に祀られていた「石」を捨て去り、稲荷《いなり》の鳥居に小便をかけたという。

それら、言語に絶する行為の結果として、現在のような本来の正しい伝統や日本の心が失われた世になってしまった。

しかし。

虚心坦懐《きよしんたんかい》に考えてみれば良いのだ。我々が、神仏の手のひらからこぼれ落ちてしまったら、どこへ行くことになるのかを。

もちろんそのまま、冥《くら》い黄泉――泉の水さえ黄色く濁っているという世界、あるいは地獄――醜悪で無慈悲な鬼たちが統率する闇の世界だ。

目の前に差し出した自分の手のひらさえ見えぬ底なしの闇の中をただ彷徨《さまよ》い歩く

か、それとも全てを焼き尽くす地獄の業火の中に投げ込まれるか。ギリシャ神話のプロメーテウスのように、永遠に続く苦痛の中で生きて行くしかないのだ。

だが、我々は違う。

物心もつかぬ頃から常に我々を見守ってくれていた神仏を、そしてそれらを守護し伝承してきてくれた先祖を敬う。

我々は、遥《はる》か遠い昔から存在していた神を祀り、異国から渡って来た仏を敬い、それを受け入れたこの国を、この土地を愛している。

そして今——。

私は白山比咩大神に、十一面観音に祈る。

〝南無《なむ》帰命頂礼《きみようちようらい》、十一面観音菩薩〟

軽く目を閉じて両手のひらを合わせると、左右の指を互いに深く交差させ、金剛合《こんごうがつ》掌《しよう》した。

同時に、頭の中で十一面観音の姿を思い浮かべながら真言を唱える。

〝オン・ロケイ・ジンバラ・キリク……オン・マカ・キャロニキャ・ソワカ……〟

何度も繰り返した後、私は両手を開くと、近くに立てかけてあった大振りの鉈《なた》を手に握った。

おそらく月の光にギラリと冷たく輝いたであろうそれを、頭上に大きく振りかぶると、足元に無言で横たわっている男を見下ろした。

そして再び心から祈る。

〝今この時、白い神と成りたまえ――〟

私は男の首すじ目がけて、力の限り鉈を振り下ろした。

《白い死》

小松《こまつ》空港到着ロビーを出ると、いきなり熱気に包まれた。

空調が効きすぎるほどの機内で、一時間ほど過ごしたせいもあり、タクシー乗り場までの、ほんのわずかの距離を歩いただけで、一気に汗が噴き出してくる。

「真夏の金沢《かなざわ》だから、覚悟を決めてきてね！」

夏の金沢を、甘く見てはいけない。妹の沙織《さおり》に、何度もそう忠告されたことを改めて思い出しながら、棚旗奈々《たなはたなな》はハンカチで汗を拭《ぬぐ》う。

そして自分の横で、やはり流れ落ちる汗を手の甲で拭っている桑原崇《くわばらたかし》を見上げた。

「以前に行った真夏の京都は」と崇は呪うように言う。「鼻と口を熱気で塞《ふさ》がれるようだったが、金沢も決して負けてはいないな」

「真夏の京都というと、祇園祭《ぎおんまつり》に行かれたんですか？」

尋ねる奈々に、

「いや」と崇は首を横に振った。「六道珍皇寺《ろくどうちんのうじ》だ」

「今はどうだか知らないが、その当時はお盆の時期、年に三日だけ毘沙門天像《びしやもんてん》が開帳されたんだ。それを観に行ったんだが、幽霊子育飴《ゆうれいこそだてあめ》も溶けそうなほどの酷暑だった」

「え？」

「そう……なんですね」

としか答えようがない。

奈々たちは、タクシーの列に並ぶ。日差しは遮《さえぎ》られているものの、熱風が波のように押し寄せて来る中で、じっと順番を待った。

実を言えば奈々は、以前から金沢に来たいと思っていた。しかし、なかなかチャンスがなく、今日初めてやって来ることができた。そういう意味ではこれも、相変わらず我《わ》が儘《まま》な妹、沙織のおかげかも知れない。

先月急に、結婚二年目の沙織から、新婚家庭に遊びに来ないかと、誘われたのだ。夫の隆宏《たかひろ》が、仕事の関係で数日家を空けることになったので、その間、沙織は「独り身」になる。そこで、奈々が誘われた。宿を取るまでもなく、沙織たちのマンションに泊まれば良い。もちろん、隆宏の許可も取ってあるし、むしろ積極的に賛成してくれているという。

「だからさ」と、電話の向こうで沙織は言った。「ついでに、タタルさんも誘っちゃえば？」

タタル——というのは、今奈々の隣に立っている崇。大学時代から「寺社詣《もう》でとお墓参り」が趣味だったことと「崇」と「祟」の文字が似ているためにつけられた渾名《あだな》だ。「くわばら・タタル」——。

「こっちは、お酒も凄く美味《おい》しいからって言って」沙織は魅力的な誘いを掛けてくる。「私も久しぶりにタタルさんに会いたいし、きっと楽しいよ」

「でも、ついでに、と言ったって……」

奈々は顔を曇らせた。

もちろん奈々自身は何の問題もなかったが、崇はどうだろう。きっと、面倒臭がるのではないか。何しろ、よほど興味がないと——近くで殺人事件が起ころうとも——腰を上げない男だ。この提案に乗る可能性は低い。

奈々は半ば諦《あきら》めながらも崇に話を持って行くと、予想に反して、あっさりＯＫされた。驚いた奈々が「本当ですか？」と目を丸くして尋ねると、
ああ、と崇は大きく頷《うなず》いた。

「金沢といえば何と言っても、白山比咩神社だ。加賀国一の宮で、全国三千社ともいわれる、白山《はくさん》神社の総本宮だ。俺はまだ、残念ながら総本宮には参拝したことがないから、ぜひこの機会に行ってみたい。片道四時間の山道を登る奥宮《おくのみや》は今回無理としても、麓《ふもと》の本宮に参拝して、菊理媛神にご挨拶できれば、それだけでも嬉しい」

「白山比咩神社……ですね」

「あとはやはり、金澤神社だな。金沢という地名の元になった、芋掘り藤五郎《とうごろう》伝説を持つ神社だ。主祭神は、菅原道真《すがわらのみちざね》や白蛇龍神《はくじゃりゅうじん》となっているがね。その伝説によれば、藤五郎が観音菩薩のお告げに従って、この神社の境内《けいだい》で芋を洗ったところ、砂金が出てきたという。現在その芋洗い場は『金城霊沢《きんじょうれいたく》』と呼ばれているが、元の名称は『金《かな》洗沢《あらいのさわ》』だ。それが金沢という地名になったといわれている」

「芋洗い、ですか」

「もちろんこの場合の芋は『鋳《いも》』だろうな。とすれば、観音は『鉄穴《かんな》』だから、産鉄民伝説になる」

「ああ……」

「現在も名産品の一つに金箔《きんぱく》があるから、ストレートに『金が採れた沢』のある土地ということだ。良い機会だから、そこもぜひ見学したい」

——などと言う。

確かに東京から金沢までは、上越新幹線を使っても東海道新幹線回りでも、どちらにしても四時間以上かかる。やがて、東京から直通の北陸新幹線が開通する予定だというが、それはまだまだ先の話だ。だから、大抵の観光客は飛行機を利用するのだが、崇は飛行機が少し苦手のようだったから、確かにこんな機会でもないと、神社参拝のためだけに金沢まで足を運ぶことはないだろう。

そうであれば、沙織の誘いを拒《こば》む理由は全くなくなった。

奈々は早速その話を沙織に伝えて、一泊二日の旅程を組み、こうして小松空港までやって来たというわけである。ちなみに飛行機嫌いの崇は、早朝だというのに、持参したスキットルに入れてあるアルコールを飲んで、機内で熟睡していた——。

ようやく奈々たちの順番が来て、タクシーに乗り込むと、「白山比咩神社まで、お願いします」と崇は運転手に言った。

冷房の効いた車内に腰を下ろすと、奈々はホッと肩の力が抜けてゆくのを感じる。

予定では、このまま白山比咩神社に寄ってから、金沢市内の沙織のマンションへ向かうことになっている。沙織と合流したら、少し遅いお昼と夕飯を三人で食べ、奈々は沙織の部屋に、崇はマンションのゲストルームに泊まることになっている。沙織は、二人で一緒に泊まれる部屋くらいあるよ、と言ってくれたのだが、さすがに崇は遠慮したようだ。

窓の外に目をやれば、空は快晴。気温はすでに三十度を軽く超えているに違いない。奈々は、流れてゆく緑の景色を眺めながら、先日のホワイト薬局での会話を思い出した——。

ホワイト薬局は、目黒区祐天寺《めぐろくゆうてんじ》にある調剤薬局で、奈々や崇の母校である明邦《めいほう》大学の大先輩、外嶋一郎《そとじまいちろう》が店長を務めている。薬局の店員は、外嶋と奈々、そして外嶋の遠い親戚にあたる、今年二十八歳の女性アシスタント・相原美緒《あいはらみお》の三人という、とてもアットホームな仕事場だ。

その薬局の昼休み。外嶋が例によってオペラの雑誌を開き「ランラララー」などと鼻歌を歌っている横で、美緒が勝手にパソコンを開いて調べ物をしながら、

「今年の夏休みはどうするんですかあ？」

何気なく奈々に尋ねてきた。そこで奈々は、沙織の嫁《とつ》ぎ先の金沢に遊びに行く、と正直に告げた。すると、

「金沢！」美緒は振り返った。「いいですねー。加賀百万石で、兼六園《けんろくえん》に加賀友禅に加賀料理。素敵！」

「そうね」奈々は微笑《ほほえ》む。「初めてだから、沙織に案内してもらおうと思ってるの」

ほう、と外嶋が眼鏡《めがね》をくいっと上げて奈々を見た。

「初めてならば、色々と楽しいだろう。この、物を知らない女の子みたいに加賀百万石などと言って、あたかも前田利家《まえだとしいえ》以降で加賀が栄えたと思っている人間も多いが、実は遥か昔から続く深い歴史を持っている土地だからな」

「あら、そうなんですか」美緒は外嶋に言う。「私はてっきり、利家とまつの時代く

らいから開けたのかと」

「バカなことを」外嶋は顔をしかめた。「古代は、太平洋側よりも日本海側の方が、圧倒的に栄えていた。それは当然で、朝鮮半島や中国との貿易が、相当な頻度で行われていたんだからな。しかも、金沢はその名の通り、金の採れる土地だ」

「でもあの辺り一体、『裏日本』なんていわれると、何となく……」

「そんな名称は、明治以降だ。九州や四国や瀬戸内海あたりからやって来た人間たちが、自分たちの故郷を勝手に『表日本』と呼びならわしたために『裏』と呼ばれてしまっただけだ」

と言いながら、モアイ像を彷彿《ほうふつ》させるような大きな鼻を掻く外嶋を見ながら奈々も、崇から仕入れた話を二人に伝える。すると、

「そうなのか」美緒は頷いた。「じゃあ、奈々さんもたっぷりと歴史を堪能《たんのう》してきてくださいね。あと、名産品と」

などと言って、勝手にパソコンを操作して画面を眺めた。

「あら、美味しそうな海鮮丼がある。近江町《おうみちょう》市場だって。うおっ、お寿司屋さんがいっぱい！」

そうだな、と外嶋も言う。

「武家屋敷も良いな」

「きゃあ。綺麗《きれい》な和菓子！」

「ひがし茶屋街、にし茶屋街も素晴らしい」

「治部煮《じぶに》と、車麩《くるまぶ》入りおでん！」

「忍者寺と呼ばれる、からくり寺もあると聞いた」

「何と、ドジョウの蒲焼《かばや》き！」

「相原くんは」外嶋は美緒を、じろりと睨む。「食べ物以外に、何の興味もないようだな。まあ、きみに文化的素養を求めるのは、ドジョウに空を飛べと言うようなものだが」

何だそれ、と美緒は呆《あき》れたように言う。

「だって、色々と見物したらお腹が空くじゃない」

「人は、パンのみにて生くるにあらず」

「そうだ。ワインも必要だ！」

「…………」

無言のまま頭を振る外嶋を尻目《しりめ》に、美緒は画面を見ながら続けた。

「美味しい地酒もたくさんあるようですよ！　菊姫《きくひめ》、天狗舞《てんぐまい》、手取川《てどりがわ》、加賀鳶《かがとび》、獅子《しし》吼《く》などなど——凄いっ」

と叫んで美緒は、奈々を見た。

「お酒といえば……当然、桑原さんも参加ですよね？」

「えっ」

いきなりの質問に、奈々が返答を戸惑っていると、

「一緒に行くに決まっているだろう」外嶋は雑誌をめくりながら、当然というように答えた。「神社と日本酒が揃《そろ》っていて、奴が行かないわけはない」

「い、いえ。そういう問題ではないと――」

「しかし桑原と一緒だと、相原くん憧れの寿司屋は素通りして、神社巡りばかりになってしまうな」

悲惨だー、と美緒は天を仰いだ。

「しかも、例によって例の如く、殺人事件に巻き込まれるのであった」

「そんなこと、あるわけないじゃない！」奈々は美緒を叱る。「今回は、沙織を訪ねて行くだけなんですから」

「そうはおっしゃいますけど、今まで一度も無事に帰って来られたことは――」

「あります！」

いや、と外嶋は自信たっぷりに否定した。

「少なくとも、ぼくの記憶にはない」

「で、でも、今回は大丈夫ですっ」奈々は大声で主張する。「何も起こりません！

お土産を買って、帰って来るだけです」

「非常に脆《もろ》く危うい願望だ」

じゃあ、と奈々は主張した。

「もしも今回、何か事件に巻き込まれたりしたら、お二人にお土産を買って来ますよ。金沢ですから、金製品を」

「そっ、そんな」美緒が目を丸くした。「自爆発言！」

「大丈夫よ」奈々は、余裕の笑顔で答えた。「たった一泊だし、市内の移動も少ないから」

「それでも巻き込まれちゃうのが、奈々さんたちの天命」

「天命？」

奈々が怪訝《けげん》な顔で見返した時、昼休みが終了して、全員で薬局業務に戻った——。

そんなことを思い出しながら景色を眺めていると、

「奈々くんは」隣から崇が尋ねてきた。「これから行く、白山比咩神社に関しては？」

「少しだけ自分で調べてきましたけど……良かったら、教えてください」

「では、到着するまでに話しておこう」

と言って崇はシートに深く身を沈めると、口を開いた。

「この神社は、前にも言ったように加賀国一の宮で、金沢市から、十五キロ程南下した鶴来《つるぎ》町《まち》に鎮座している。今回、ちょっと行かれそうもない奥宮は、白山嶺上、標高約二千七百メートルの御前峰《ごぜんがみね》の白山国立公園内に鎮座している」

「片道、四時間の登山道という――」

「そうだ。だからまたぜひ、改めて来よう」崇は一人で大きく頷いた。「奥宮の祭神も、もちろん白山比咩大神――菊理媛神と、伊弉諾尊・伊弉冉尊だ。檜造《ひのきづくり》の一間社《いっけんしゃ》流造《ながれづくり》で、シベリアからの強風や雪にさらされながら、鎮座している。夏季になると、祈《き》禱《とう》殿や参籠《さんろう》殿に神職や巫女《みこ》が泊まり込んで、日供《につく》祭やご祈禱等々、日々の奉祀《ほうし》を行っている。ちなみに白山山頂部は、標高二千七百二メートルの御前峰、標高二千六百八十四メートルの大汝峰《おおなんじみね》、標高二千六百七十七メートルの剣ヶ峰からなって国立公園に指定されている。そしてそこには、珍しい黒百合《くろゆり》などの高山植物、オコジョ、雷鳥《らいちょう》、ニホンカモシカなどの野生動物が生息しているという」

「文字通り、大自然の中に鎮座しているんですね」

「そうだな。しかし、本宮の周囲も麓とはいえ深い緑に包まれているはずだ。こちらの本宮には、摂末社として大国主《おおくにぬし》神社、荒御《あらみ》前《さき》神社、住吉《すみよし》社がある。そして、何と言っても霊験――神徳が凄い」

崇は指を折って数えた。

「五穀豊穣《ごこくほうじょう》・大漁満足・開運招福・家内安全・良縁成就・交通安全・生業繁栄・学業成就・身体健全・夫婦円満・福徳長寿・家運長久・子孫繁栄・神人和楽《しんじんわらく》、だ」

もしかして！　と奈々は驚いて崇の顔を見る。

「神徳が、そんな多岐に亘っているということは」

「そういうことだ」

と崇は冷静に答えたが……。

神様は、自分の身に降りかかった不幸な出来事や残酷な運命が、我々を見舞わないように護《まも》ってくれるのだ。

早くに子供を亡くしてしまった神は、子育て安産の御利益《ごりやく》を。早世してしまった神は、健康長寿の神徳を。他人によって家庭を壊され、愛する家族と離散させられてしまった神は、家内安全・夫婦円満・縁結び——などなど。

つまり、祀られている神の御利益を見れば、その神様が受けられた悲惨な体験や歴史が分かることになる。

ということは、白山比咩大神は四苦八苦どころではない。この世に存在するありとあらゆる悲惨酷薄な出来事を体験されていることになるではないか！

白山比咩大神——菊理媛神とは一体何者なのだ？

奈々が尋ねると、崇は顔をしかめた。

「菊理媛神は『日本書紀』に、たった一行だけ登場する神だ。故《ゆえ》に、彼女が一体どこから現れたのか、どのような系譜に連なる神であるのか、今のところ分かっていない。『日本書紀』神代上第五段一書《あるふみ》、第十にこうある。

『是時、菊理媛神亦有白事。伊弉諾尊聞而善之。乃散去矣』——『是《こ》の時に、菊理媛神、亦白《またもう》す事有り。伊弉諾尊聞《きこ》しめして善《ほ》めたまふ。乃《すなわ》ち散《あら》去けぬ』——とね」

「それだけですか？」

「これだけだ」

「なのに、彼女を祀る神社が全国で三千社？」

「ああ、そうだ」

「何故？」

「俺も知りたいし、今回、少しでもその謎が解ければと思ってる」

崇は苦笑した。

「では『書紀』の場面から話そう」

「はい」

頷く奈々から視線を外すと、崇は語り始めた。

「奈々くんも知っての通り、伊弉諾尊と伊弉冉尊は、数多くの神々を誕生させた。しかし、火の神である軻遇突智《かぐつち》を産んだ際に、伊弉冉尊は火傷《やけど》を負って亡くなってしまう」

以前に聞いた。

それに怒った伊弉諾尊は、軻遇突智を斬り殺してしまう。その剣から滴《したた》り落ちる血から生まれたのが、京都・貴船《きふね》神社の祭神、高龗神《たかおかみ》・闇龗神《くらおかみ》や、闇罔象神《くらみずは》だと。

爽《さわ》やかな緑と、貴船川の清流に包まれて鎮座しているこの神も、とても暗い歴史を抱えているのだ――。

しかし、と崇は続ける。

「どうしても伊弉冉尊を忘れられない伊弉諾尊は、彼女を追いかけて黄泉国まで行く。そこで伊弉冉尊に声をかけると、自分は既に黄泉国の食物を食べてしまったので、姿を見ないで欲しいと訴えた。ところが伊弉諾尊は、こっそりと火を点《とも》してその寝姿を見てしまう。すると、伊弉冉尊の体中から膿《うみ》が湧《わ》き、しかも蛆《うじ》までたかっていた。それを目にした伊弉諾尊は驚き、『汚穢《きたな》き国に到《き》にけり』と震えて、あわてて逃げ帰ろうとしたため、それに気づいた伊弉冉尊は『私に恥をかかせた』と激怒した」

それは当然だ。

見るなと言われていたのに勝手に覗《のぞ》き見て、しかもその姿に恐れをなして逃げ出そうとしたのだから。とても「国生み」の神とは思えない自分勝手さではないか。

奈々は心の中で同情する。

「そこで伊弉冉尊は、冥界《めいかい》の鬼女たち——あるいは、泉津日狭女《よもつひさめ》という女性——を遣わして、伊弉諾尊を追いかけさせた。伊弉諾尊は剣で振り払いながら、自分の髪に巻いていた蔓草《つるくさ》の飾りを投げた。するとそれが葡萄《ぶどう》になり、鬼女が食べている間に逃げる。食べ終わってまた追って来るので、今度は櫛を投げた。するとこれが筍《たけのこ》になって鬼女はまたそれをむさぼり食った。そこで再び、伊弉諾尊は逃げる」

ここは恐ろしい場面なのだろうが、奈々は思わず笑ってしまった。

腰を抜かしそうなほど必死になって逃げる伊弉諾尊と、いちいち必死に食べる鬼女。コミカルで、どことなく微笑ましい。

しかし次の崇の言葉、

「やがて鬼女の後ろから、伊弉冉尊が追って来た」

さすがにこれは恐ろしい。

膿と蛆虫だらけの体の伊弉冉尊。間違いなく、その形相も物凄かったに違いない。

「伊弉諾尊は、泉津平坂《よもつひらさか》——黄泉比良坂に到《いた》ると、必死に道を塞ぎ、金輪際、伊弉冉尊と縁を切ると断言した。すると彼女は『そう言うのなら、私はこの国の民を毎日千人ずつ殺すだろう』と誓った。そこで伊弉諾尊は『そうであれば私は、毎日千五百人ずつ子供を産ませよう』と答えて結界を張った。この時、菊理媛神が現れる」

ついに登場したと思って、奈々が耳を澄ませていると、

「そして何事かを口にして去った」

崇はあっさりと言った。

拍子抜けしている奈々の横で、崇は続ける。

「すると伊弉諾尊は、その言葉を非常に賞め、日向《ひむか》の小戸《おど》の橘《たちばな》の檍原《あわきはら》へと行き、そこで禊《みそ》ぎ祓《はら》いをする。ちなみにその時に生まれたのが、住吉三神などの『九《ここのはしら》の神々』、そして天照大神《あまてらすおおみかみ》、素戔嗚尊《すさのおのみこと》、月読命《つくよみのみこと》たち『三《みはしら》の神』——三貴神だ」

「それで」と奈々は尋ねる。「その時彼女が、何を言ったのかは分からないんですか？」

ああ、と崇は頷く。

「そもそも『古事記』では、黄泉比良坂で、伊弉諾尊と伊弉冉尊はあっさり別れたことになっていて、菊理媛神自体が登場しない。だから、彼女が一体何を助言したのか、伊弉諾尊だけに言ったのか、それとも二人に向かって言ったのか。殆ど何も分かっていない」

「少し変わった『菊理媛神』という名前だけなんですね」

「この名前に関しても、『くくり』は、伊弉諾尊・伊弉冉尊の二柱《ふたはしら》の神の主張を聞き入れた『聞き入れる』、あるいは、二人の仲を『括《くく》る』が語源ともいうし、その他にも縁結びや、糸紡ぎとかね。あるいは『潜《くぐ》る』で、以前にも話した棚機津女《たなばたつめ》のように、水に関わる女神なのだとか、高句麗《こうくり》から来た『高句麗姫』なのだとか、さまざまな説がある」

「更にまた、この神自身に関しても『秀真伝《ほつまつたえ》』という書物では、天照大神の伯母とされている」

「百花繚乱《ひやっかりょうらん》ですね」

「天照大神の伯母さん？」

「この書物の真贋《しんがん》ははっきりしないようだから断定はできないが、幼い天照大神の言葉を唯一聞き取ることができた乳母だったという話もあるんだ」

「そんなに立派な女神なのに、どうして『書紀』にたった一行だけしか登場しなかったんですか？　だからこそ私も、今回まで全く知らなかった……」

「だが、彼女を主祭神にしている白山神社の名前は聞いたことがあるだろう」

「もちろんです。東京にも、神奈川にも、たくさんありますから。でも……」奈々は、首を傾《かし》げる。「『白山《はくさん》』神社と呼ぶ所と、『白山《しらやま》』神社と呼ぶ所がありますけど、もちろん祭神は同じですよね」

「『万葉集』巻第十四相聞歌に、

　　栲衾白山風《たくぶすましらやま》の寝なへども
　　　子ろが襲着《おそき》の有《あ》ろこそ良《え》しも

とあり、『白山』の部分が万葉仮名で『之良夜麻——しらやま』と訓読されているし、『古今和歌集』などでも、読みは『しらやま』となっているから、その当時の名称は『しらやま』で統一されていたと考えられる。故に同一神社であることは間違いないんだが、この二つは違うものだと主張している人たちもいる」

「どうしてですか？」

「それについては、とても長くなるから、また後で話そう——」

と言って、崇は奈々を見た。

「さて、その白山比咩神社だが、起源は神話の時代にまで遡《さかのぼ》り、崇神天皇《すじんてんのう》七年（前九一）に、鶴来町の舟岡山《ふなおかやま》に神地を定めたのが創建とされている」

「つるぎ？」

「鶴が来る、と書くんだが、もちろん『剱《つるぎ》』だろうな。とすれば、これも間違いなく鉄に関連している。そもそも『鶴』は『鉱脈《つる》』で、鉱脈を指している隠語だしね」

ああ、と奈々は納得する。

鎌倉の「鶴岡《つるがおか》」もそうだと聞いた。「鉱脈のある岡」という意味の名称だと。

頷く奈々の隣で、崇は手元のノートを開くと、時おりそれに視線を落として確認しながら続けた。

「やがて応神《おうじん》天皇二十八年（二九七）に、神社は手取川の河畔に遷り、さらに霊亀《れいき》二年（七一六）に、安久濤《あくど》の杜《もり》に遷座したと伝えられている。また白山は、石川・福井・岐阜・富山の四県にまたがっている連峰の総称だ。この山は、古くから『越《こし》のしらやま』と歌に詠《よ》まれ、これも後で説明するが、富士山《ふじさん》、立山《たてやま》と並ぶ日本三名山の一つだった。故に古来白山は、誰一人として登ることが禁じられていた。だが、養老元年（七一七）六月十八日、『越の大徳』と呼ばれた山岳修行僧の泰澄《たいちょう》が、初めて登拝する」

「七〇〇年代ですか！」

そうだ、と崇は首肯する。

「白山の信仰の歴史は、公式にはこの泰澄開山をもって始まった。しかしその発生が、有史以前に遡ることは明らかだ。泰澄は、むしろ中興の祖とも言うべき存在だった。地元での信仰は、遥か以前からそこにあったと見るべきだろうな」

やはり外嶋の言った通り、想像以上にこの地は、深い歴史を持っている。とても、前田利家――江戸時代云々《うんぬん》というレベルの話ではない。何しろ八世紀に中興されたのだから。

「その泰澄は」と崇は続けた。「天武《てんむ》天皇十一年（六八二）現在の福井県福井市に生まれた人物だが、幼い頃から神童の誉れ高く、その名声は都にまで聞こえるほどだったという。泰澄の父親の三神安角《みかみやすずみ》は渡来人秦《はた》氏の出で、この地の渡し守とも、日本海航路の船頭ともいわれている。また、民俗研究者の前田速夫《まえだはやお》はこう言っている。

『金沢の郷土史家玉井敬泉《たまいけいせん》が著した「白山の歴史と伝説」は、泰澄の父三神安角は朝鮮からの亡命者で、高句麗の人であったと記すのに、直接の根拠を示していないが、白峰では母親や妻、近所のおかみさんを呼ぶのに「イネ」と言い、それは朝鮮語の「エビネ」のビがサイレントになって訛《なま》ったのであろうと指摘しているのは、泰澄の母の名が「伊野《いの》」であったのとも通じて、見過ごせない』——とね。

まあ、どちらにしても、泰澄が渡来人だったことに間違いはないだろう。そんな彼が修行に励《はげ》んでいたある日、彼の目の前に白馬に乗った貴女が現れた。そして、『我は伊弉冉尊であり、白山妙理大菩薩である。真の姿を見たくば、白山に往《ゆ》きて拝せ』と泰澄に向かって告げた。そこで泰澄は一念発起して、弟子と共に山頂を目指し、非常な苦難の末、前人未踏の頂を極めた。時に、三十六歳だった」

「え?」奈々は尋ねる。「泰澄が頂を極めたのは素晴らしい業績だとして……でも、菊理媛神が伊弉冉尊?」

「そういう話になっている」

「さっきタタルさんは『菊理媛は天照大神の伯母ともされている』っておっしゃいましたよね。ということは、伊弉冉尊が、天照大神の伯母さんというわけですか?」

「白山比咩大神＝伊弉冉尊＝菊理媛神＝天照大神の伯母、と考えればね」

「そう言われても……」

急には納得できない。

「そして伊弉冉尊関連で言えば、菊理媛神は『伊弉冉尊の荒魂《あらみたま》』だという説もある」

「えっ」

「菊理媛神と伊弉冉尊が同体とは単純に言えないだろうが、あの黄泉比良坂での状況を考えれば、伊弉諾尊・伊弉冉尊と何らかの関係があると考えて、間違いない。但し、今のところは具体的にどう繋《つな》がっているのかは、分からない」

「そうなんですね」

しかし――。

伊弉冉尊・天照大神・菊理媛という三柱の姫神には、まだ奈々には見えていない何らかの共通点がありそうだ。

二人の会話を、時々バックミラーでチラチラと覗き、呆れたような顔でハンドルを握っている運転手に気づきもせずに、崇はバッグから資料を取り出すと、それを開いて確認しながら続けた。

「白山で泰澄が、三七日《みなぬか》の修行を重ねている時、目の前に九頭龍《くずりゅう》が現れた。しかし祈り続けていると、その龍は十一面観音に変わったという。続いて、海抜二千六百八十四メートルの大汝峰《おおなんじ》では、阿弥陀如来《あみだにょらい》を本地とする大已貴神《おおなむち》——大国主命《おおくにぬしのみこと》を感得した。また、海抜二千三百九十メートルの別山《べっさん》では、聖観世音菩薩《しょうかんぜおんぼさつ》を本地とする、大山祇神《おおやまつみ》、あるいは、虚空蔵菩薩《こくうぞうぼさつ》を感得したといわれている。いわゆる『白山三所権現』といわれている神だな」

「虚空蔵菩薩ですか……」

「この別山は、峰続きに高賀山《こうかさん》があり、ここには古くから虚空蔵菩薩の伝承があるんだ。特に、岐阜県郡上郡《ぐじょう》には、虚空蔵菩薩のお使いである『鰻』の棲《す》む場所があるが、決して獲《と》ってはならぬとされ、もちろん食べることも許されない。しかし、この虚空蔵菩薩と『鰻』の話に関しては、今回余り関係がないから、また何かの機会に話そう」

「はい……」

頷く奈々に、崇は言う。

「奈々くんも知っての通り、神仏分離——『神仏判然令』が出されたのは、明治元年（一八六八）三月。たった、百三十年ほど前のことに過ぎない。しかもそれは、明治政府が天皇制の下で国家神道を確立するために執った政策だ。だから前田速夫も、『リストラのはしりとも言うべき神社合祀令《ごうし》（一九〇六）もひどかった。鎮守の森を守るため南方熊楠《みなかたくまぐす》が憤然として反対に立ち上がったのは、まことに当然であった』と言っている」

　そういうことだ。

　昔の日本は、神仏習合・神仏混淆《こんこう》の信仰形態が通常だったという話を、以前に崇から聞いた。それが、明治維新の神仏分離令という、明治政府の勝手な都合によって切り離されてしまったのだ、と。

　だから、歴史の古い神社などにはお堂の跡が残っていたり、また地方の仏閣には、未だに鳥居が建っていたりもする。それが日本の、ごく普通の風景だったのだ。

　崇は続ける。

「その後、行基《ぎょうき》も白山の泰澄のもとを訪れている」

「行基というと……」

「東大寺大仏建立の際に、非常に貢献した僧だ。彼は十五歳で出家し、法相宗《ほっそう》の名僧・道昭《どうしょう》から薫陶を受け、民間布教と社会事業に励んだ。しかし当初は、律令《りつりょう》国家の課役を果たさない浮浪集団として非難されていた。だが今言ったように、聖武《しょうむ》天皇発願の東大寺大仏建立の際に、勧進聖となって民衆から大いなる支援を集め、その功績によって大僧正に栄進した。『泰澄和尚《かしょう》伝記』という書物によれば、神亀《じんき》二年（七二五）、白山に登拝した行基は泰澄と出会い、さまざまな問答を交《か》わし、極楽での再会を約して下山したという。それ以来、白山信仰は全国に広まっていった。特に、久安《きゅうあん》三年（一一四七）延暦寺《えんりやくじ》の末寺となったこともあり、ますます栄えた」
「当然、泰澄の頃も既に有名だったんですね」
『枕草子《まくらのそうし》』などでも、貴族たちが庭に雪の山を築いて、それが溶けぬようにと、清少納言が『白山の観音、これ消えさせ給ふな』と祈ったと書かれているし、さっきの『万葉集』の他にも、宗岳大頼《むねおかのおおより》の、

君をのみ思ひ越路《こしじ》の白山《しらやま》は
　いつかは雪の消ゆる時ある

あるいは源《みなもとのさねとも》　実朝の、

としつもる越の白山しらずとも
かしらの雪をあはれとは見よ

そして藤原定家《ふじわらていか》の、

面影《おもかげ》に思ふも淋しうづもれぬ

ほかだに冬の雪の白山
などの歌が有名だ。もちろん、これら以外にもたくさん詠まれている。それほど有名で、当時の人々は身近に感じていたんだな」

「その頃から、大勢の人たちが登拝されていたんでしょうね」

「当時、白山へ登ることを禅定《ぜんじょう》と呼んでいた」

「ぜんじょう……ですか」

「登拝に際して『六根清浄《ろっこんしょうじょう》』と唱えていたが、これは僧侶《そうりょ》が座禅を組んで、無我の境地に至るシステムと同じだった。そこで、白山登山道を禅定道と呼び、さらに頂上を極めることを『絶頂』にかけて『禅頂』といったんだ。そして天長《てんちょう》九年（八三二）には、越前《えちぜん》・加賀・美濃《みの》に白山登拝の拠点としての、馬場《ばんば》が設けられた。また、その馬場ごとに神宮寺——つまり、神社に付属して置かれた寺院が定められた。越前馬場では、平泉寺《へいせんじ》。鶴来町の加賀馬場では、白山本宮。美濃の美濃馬場では、長滝寺《ちょうりゅうじ》というようにね。だが、やがて十数種もの禅定道ができた」

「十数種も！」

「だが、禅頂が盛んになっていた、文明《ぶんめい》十二年（一四八〇）、応仁《おうにん》の乱終結の三年後に、類焼により社殿が焼失してしまう。そのために、白山七社《しちしゃ》の三宮《さんのみや》に遷座し、以降は三宮を本宮と定めた。そして、禅頂の『白山《はくさん》』と区別するために、本宮を『白山《しらやま》』と呼ぶようになった」

「それで、二種類の呼び名が生まれたということなんですか」

「いや。そんな単純な話ではないんだ」

崇は硬い表情で首を横に振った。

「これも今回、俺の中で引っかかっている部分なんだが……。一つの説としては、ロシアの民俗学者であり東洋言語学者でもあったネフスキーが、こう言っている。『はくさん』は一般の村落が祀る神社であり、一方『しらやま』は、被差別部落民が祀っている神社らしいと」

「被差別部落」突然の言葉に、奈々は目を丸くした。「本当に、そうなんですか」

「大正から昭和にかけての有名な郷土史家であり、かつ部落史研究の第一人者といわれる菊池山哉《きくちさんさい》も、そう言っていたようだが」崇は、眉《まゆ》を顰《ひそ》めた。「俺は、決してそうと言い切れないと思ってる」

「えっ」奈々は身を乗り出す。「じゃあ、それはどういうこと——」

しかし、と崇は奈々を見る。

「そろそろ、神社に到着したようだ」

その言葉に奈々が前方を見れば、緑茂る山の麓に、大きな石の鳥居が見えていた。

ここが、加賀国一の宮・白山比咩神社だ。

「その続きは」崇は微笑んだ。「菊理媛神を参拝しながらにしよう」

やがてタクシーは鳥居前に停《と》まり、相変わらず呆れたような顔で奈々たちをじろじろと見つめる運転手を残して、二人はタクシーを降りた。

《白い乱》

最近は何だかんだと物騒な事件が多くて困ったもんだ。

昔は、人殺しだ強盗だなんて、自分たちとは関係ない世界の話だった。ところがこの頃ときた日には、ついそこらへんで人が殺されてしまったりする。本当に、いつどこで何が起こるか想像もつかない世の中になってしまった——。

坂上守夫《さかがみもりお》は、雨と雪の日以外は毎朝きちんと続けている、手取川沿いの土手の散歩の途中で思った。

とっくに定年を過ぎて子供たちも家を離れ、長年連れ添っている古女房と二人暮らし。足腰が弱ってきているみたいだ、そこらへんでつまずいて骨折でもされたら困る、だからきちんと散歩するようにと女房に口うるさく言われている。

だが、散歩途中でつまずいて転んだらどうするんだよ、というごく真っ当な意見は聞き流されて、こうして毎朝家を追い出されるのだ。

山の神というのは、昔から我が儘な神様だと聞いていたが、なかなかこちらも困ったもんだ――。

しかし正直言えば、小さい頃からずっと眺めながら育ってきた手取川沿いの土手を、こうしてのんびり歩くのは嫌いではない。年と共に辺りの景色も変わってしまったが、手取川は相変わらずゆったりと流れている。

実に心が和む光景だ。

ただ、古女房にああだこうだと言われるのが鬱陶《うっとう》しいのだ。散歩途中で転んで怪我《けが》をしないにしても、この物騒なご時世で、何か事件に巻き込まれでもしたらどうするんだ、と思う。今時、どこで何が起こるか分かったもんじゃない。

ほら、あの橋脚に引っかかっている大きな黒い物が、人間の死体だったらどうするんだ？　大変なことじゃないか。溺死体の第一発見者になってしまう。今も、あんなにプカプカ浮いて、まるで大きな人形のように――。

〝あ……〟

守夫は息を呑んだ。

そしてヨロヨロと走り寄って、じっと目をこらした。近い物は見えにくいが、遠い物を見るなら自信がある。

〝マネキン……？〟

その大きな物には、両手足が生《は》えていたのだ。

守夫は、可能な限り橋脚に近づいた。そして目を皿のようにして見つめた。

間違いない。あれは人間の死体。

〝たっ、大変だ！〟

守夫は何度もつまずきながら、今来た道を走って戻った。


男性の遺体が手取川で発見されたという知らせを受けた、石川県警捜査一課警部補・的場《まとば》三郎《さぶろう》は、部下の猿橋剛《さるはしつよし》巡査部長と共に、朝一番で現場に急行した。

そこは、国道八号線より少し上流に架かっている住吉《すみよし》橋のたもとだった。部署で猿橋から報告を受けた時には、ごく普通の溺死かと思ったのだが、

「殺人事件《コロシ》です」と猿橋が硬い表情で告げた。「大事《おおごと》スね」

「何だと？」

尋ねた的場に向かって猿橋は、

「仏さんには、首がないそうで」手の指を平らに揃《そろ》えて、自分の首を切る真似をした。「肩から上が、何もないそうです。間違いなく、刃物で斬り落とされていると」

「……行こう！」

そして二人は部屋を飛び出して、今、夏の爽やかな朝風が吹き渡る手取川土手に立っている。首のない無残《むざん》な遺体は、岸に上げられてシートが被《かぶ》さっていた。この場所

からすぐの、橋脚に引っかかっていたということだった。

「既に被害者の身元は、持ち物から判明しています」

猿橋は手帳を見ながら言った。

「日影修平《ひかげしゅうへい》四十八歳。鶴来で代々続く名家の若主人のようです。ただ、まだ首が発見されていませんので、現在確認中ですが」

「まさか、首を落とした赤の他人に、これだけきっちりと衣服を着せたってこともないだろうから、当人だろう。しかし、どちらにしても科捜研で調べてくれる」

「はい。もちろん、ＤＮＡ鑑定も」

「それで、第一発見者は？」

「近くに居住している坂上守夫、七十二歳です。毎朝、この土手を散歩しているそうですが、もちろんこんなことは初めてだったようで、腰を抜かして血圧が上がり、現在、奥さんに付き添われて行きつけの病院に」

そうか、と的場が頷いた時、顔見知りの鑑識がやって来て挨拶した。そして、二人を見ながら首を捻《ひね》って言う。

「それで警部補、ちょっとおかしな点が……」

「どうした？」

「被害者の首は、頸椎《けいつい》の一番辺りで綺麗に切断されているんですが、ひょっとすると死因は別にあるかも知れません」

「何だと」

「いえ、もちろんこれは、監察医の先生に確認していただかなくてはならん案件なんですが、被害者の首の下部、鎖骨の上辺りに激しく掻きむしったような痕《あと》がありまして。いや、流されてきた時に傷ついた可能性も、大いにありますが」

「……それで？」

「ひょっとすると被害者は、首を絞められたんじゃないかと」

「絞殺ってことかよ。すると、その後でわざわざ首を落としたのか」

「可能性としては……」

「首を絞めて殺して、その首を斬り落として、しかも遺体を川に投げ捨てたってことかい。何故？」

「想像もつきません」鑑識は首を横に振った。「一応、念のためにご報告を。では」と言って鑑識が持ち場に戻ってしまうと、

「おい、猿橋」と的場は腕を組んだ。「どういうことだと思う？」

「自分には何とも……。犯人は被害者に、よほど激しい怨恨《えんこん》があったとか」

「そんなレベルの話じゃないような気がするがな」

「どのような？」

「まだ分からん。もう少し物証を待とう」

　眉根を寄せながら、二人が現場を離れた時、猿橋の携帯が鳴った。猿橋はすぐに応答する。そして更に硬い表情で話し終わると、

「警部補」と的場に告げる。「実は昨夜、というより今日未明のことなんですが、ある通報があったそうです」

「どんな？」

「ここから十キロほど上流の河原で、男が二人喧嘩《けんか》をしているという」

「ほう。それで？」

「地元の警官が駆けつけますと、土手の上に男性が一人、後頭部を打って意識不明の状態で倒れていたそうです。そこで、その男性はすぐに救急病院に搬送されたんですが、まだ意識は戻っていないそうです。しかし、命に別状はないとのことでした。ただ、体や衣服の状態から見て、誰かと争っていたことは間違いないだろうと」

「この事件と関係がありそうだな」

　はい、と猿橋は頷いた。

「そこで、その男に関して詳しく調べるように言っておきました」

「身元は分かっているのか」

「白岡喬雄《しらおかたかお》四十四歳。鶴来の人間だそうです」

「こっちの被害者も、鶴来じゃなかったか」

「はい」

よし、と的場は土手を駆け下りた。

「そっちの現場にも行こう」


二人を乗せた車が川上へ向かって走っていると、再び猿橋の携帯が鳴った。猿橋は車を路肩に寄せて停めて応答する。話し終わると、真剣な表情のまま的場に告げる。

「警部補、また新しい情報が！」

「今度は何だ」

「先ほど、改めて実況見分していた警官から連絡が入り、現場の草むらに大量の血溜まりを発見したそうです。現在周囲を立ち入り禁止にして、鑑識にも連絡したと」

「やはり、大いに関係ありか。俺たちも急ぐぞ」

「はいっ」

猿橋は再びアクセルを踏み込み、警光灯を点滅させた車は、サイレン音を響かせて現場へと向かった。


警官が数人立ち並んで立ち入り禁止となっている土手の下に、的場たちは車を停めた。土手まで登って周りを見渡せば、手取川の川幅は先ほどよりは狭くなっているものの、それでも向こう岸まではかなりの距離がある。

白岡が倒れているのを発見されたのは、この辺りだそうだが、大量の血溜まりは川《かわ》縁《べり》で見つかったのだという。

確かに、土手の上方は雑草も地を這《は》うようだが、川縁に向かうほど背が高く伸びている。未明、街灯の明かりも届かない中では、意識して捜索しなければ血溜まりなど見つけられなかったのも無理はない。実際に降りて行くと、最後には雑草の背丈《せたけ》が的場たちの腰のあたりまで届くほどだった。

「あそこですね」

猿橋が、鑑識たちの立ち働いている場所を指差して言った。

「あの場所だけ草が寝ていたので、発見できたようです」

的場は鑑識に近寄ると、その一人から話を聞く。

まだ凶器らしき物は発見されていないが、首なし死体の事件と関連があるとすれば、ここが殺人現場と考えて間違いないでしょう、と言った。というのも、川原の地面に鉈の刃のような痕が見つかっているので、おそらくこの場所で首を斬り落とし、そのまま遺体を手取川に投げ込んだのではないか――。

「実はね」その話を聞いて、的場は鑑識に尋ねた。「向こうの現場での鑑識さんの話では、ひょっとすると被害者は、絞殺された後で首を落とされたという可能性があるって言うんだよ。こっちでは、何かそれらしき痕跡は――」

すると鑑識は、二人に向かって肩を竦《すく》めると、

「じゃあ、やっぱりこれですかね。現場近くに落ちていました」

と言って、一本の太い麻縄を見せた。

「本当かよ！」

「科捜研に回しておきます。監察医の先生にも、こちらから連絡しておきます」

「頼む」

そう言うと的場たちは現場を離れ、土手の上まで登る。すると地元の若い警官が走り寄ってきた。

「警部補っ」警官は息を切らせながら言う。「新しい目撃情報が！」

「おう。何だ」

振り向きながら尋ねる的場に、警官は報告する。

「本日未明、この近所に住んでいる男性が車で家に戻って来た際に、土手の上を駆けて行く女性の姿を目にしたそうです」

「女性だと？」

「街灯の明かりでチラリと見ただけだったようで、顔も何も分からなかったそうです

が、髪型と服装から女性で間違いないと。そんな時間に、まさか散歩やジョギングでもないだろうと、覚えていたそうです。ただ、黒っぽい服装だったので、すぐ闇に紛れてしまったということですが」

よし、と的場は頷く。

「今度は、そっちの話を聞きに行こう」

次から次へと忙しいことだ、という言葉を呑み込んで的場は車に乗り込んだ。

＊

崇と奈々は、白山比咩神社一の鳥居をゆっくりとくぐる。

現在は宝物館などのある北参道から入った方が、本殿まで近いようだが、崇はあえて昔からの表参道を選んだらしかった。

「この明神《みようじん》鳥居は」と崇は石鳥居を見やった。「高さ六・四メートルの御影石《みかげいし》製で、確かに全国有数の大きさだ。ここの社地面積は、東京ドームとほぼ同じというから、確かにその規模に見合っている」

その通りだろう、と見上げながら奈々はその鳥居をくぐった。すると参道はすぐに右に折れ、細い川に架かる小さな橋を渡った。

日本各地で見られる神社のこの造りに関しては、何度も崇から聞いているので、奈々もすぐに理解できた。

これは、怨霊《おんりよう》を祀っている神社の大きな特徴だ。

本殿に祀っている怨霊が、一直線に境外へ飛び出したりしないように、参道を「曲げて」ある。但しこれも、昔の人たちが折角そう考えて設計したのに、後世その意味が忘却されてしまい、参道が一直線になってしまっている神社もあると聞いた。

次に「川を渡る」――ここからは、川向こうである彼岸《ひがん》ということだ。我々が暮らしているのは「此岸《しがん》」だから、このあたりは「あの世」としての霊域になる。

杉や欅《けやき》や楓《かえで》などの、古木が両側に立ち並ぶ、全長約二百五十メートルのなだらかな石段の続く表参道を、奈々たちは並んで歩く。

道の脇《わき》には細い小川も流れ、その左右は深い杉並木に覆《おお》われている参道を歩いているというのに、とても暑かった。途中には、琵琶《びわ》の形に似ていることからそう呼ばれた琵琶滝が涼しげな音を立てて流れていたが、涼しいのはその雰囲気だけで、実際の奈々たちは大汗を拭いながら、先へと進む。

樹齢八百年という御神木の杉の大木を見上げながら歩いていると、やがて二の鳥居の手前に手水舎《てみずや》が見えた。青銅の龍の口から流れ出ている水はさすがに冷たく、奈々は手と口を清めながら、ホッと一息つく。崇などは手水舎での作法も気にせず、左右の手のひらに柄杓《ひしやく》で一杯ずつ水をかけ、更に新しい水で口をすすいでいた。

　そのまま進んで二の鳥居をくぐると、三十段ほどの石段を登り、正面には三の鳥居。三の鳥居の向こうには、こちらも樹齢千年といわれる大欅がそびえ立ち、その先には境内摂社の荒御前《あらみさき》神社が鎮座している。一間社流造のこの小祠《しようし》には、荒御前大神、日吉《ひよし》大神、五味島《ごみじま》大神、高日《たかひ》大神の四柱が祀られているという。

　奈々たちは、まずご挨拶。

　それがすむと、念には念を入れるようにほぼ直角に左に折れている参道を歩いて、流造の神門《しんもん》をくぐる。すぐ右手に現れた、白山比咩大神を乗せて現れたという、神馬《しんめ》を模《かたど》った白馬の木像が祀られている神馬舎を眺めながら、左右に大きな狛犬《こまいぬ》を従えた外拝殿《げはいでん》へ。そこには、千鳥破風《ちどりはふ》と唐《から》破風の向背がついた切妻造銅板葺《ぶ》き、正面には太い注連縄《しめなわ》が掛かっている立派な社殿が建てられていた。昭和五十七年（一九八二）に、旧拝殿を増改築したものだという。

　この外拝殿の後方に、直会《なおらい》殿、拝殿、幣《へい》殿、そして本殿が、一直線上に並んでいるのだと崇が説明してくれた。幣拝殿内部は総檜造で、本殿とは三十段の階段でつながっているらしい。

　肝心の白山比咩大神、つまり菊理媛神が祀られている本殿は、三間社流造。以前は檜《ひ》皮《わだ》葺きだったそうだが、現在では銅板葺き。明和七年（一七七〇）加賀藩十代藩主・前田重教《しげみち》が寄進し、昭和五十七年（一九八二）の大改築の際に二十メートルほど後方に移築されたもの——だと、由緒書きにあった。

二人は、外拝殿正面に並んで参拝する。

〝初めて参拝させていただきました〟奈々は心の中でお礼を述べ、深く一礼した。〝ありがとうございます——〟

参拝がすむと、賽銭《さいせん》箱の前面に刻まれている神紋を眺めながら崇が言った。

「この神紋は『三子持亀甲瓜花《みつこもちきっこううりのはな》』というんだ」

その言葉通り、三重の亀甲形の中に瓜《うり》の花が描かれている。

「亀甲は長寿。三重構えは、親・子・孫で家運長久。瓜は古代の珍菓《ちんか》で、これを神に供えることによって神人和楽を図るといわれている。ちなみに、加賀・前田氏の紋は『梅鉢《うめばち》』。そして、この『梅鉢紋の前田』は菅原氏に繋がっている」

「菅原氏というと、道真《みちざね》ですか？」

「道真も生前、三年ほど加賀権守《ごんのかみ》を務めていて、寛平《かんぴょう》八年（八九六）に、梅枝糕《うめがえもち》を白山比咩大神に献じたという記録が残っているからね」

「なるほど……」奈々は納得しながら、神紋を見つめた。「どちらにしても、この神紋は、とてもおめでたい紋なんですね」

「——といわれているんだが」崇は笑った。「亀甲紋といえば、何か思い出さないかな？」

「亀甲というと……」

奈々は眉根を寄せて首を捻った。

間違いなく、どこかで見た。でも、それはどこでだったろう。

必死に記憶をたどり、脳内シナプスを繋ごうとしている奈々に、

「それは――」

と言いかけた崇を、手で制した。

もうちょっとで思い出しそう……。

いや、思い出せる……。

そして、ついに繋がった。

「出雲大社《いずもたいしゃ》！」

そうだな、と崇は笑いながら頷いた。

「正確に言えば、出雲地方の神社に多く見られる神紋だ」

「ふう……」と一仕事終えた後のように嘆息する奈々に崇は言う。

「今、きみが言った出雲大社は『二重亀甲に剣花菱《つるぎはなびし》』。

素戔嗚尊を祀っている須佐《すさ》神社は『二重亀甲に蔓柏《つるかしわ》』。

松江市の佐太《さだ》神社の神紋の一つには『二重亀甲』。

同じく松江市の、美保《みほ》神社の神紋は『二重亀甲に三の字』『二重亀甲に渦雲』『二重亀甲に三つ巴《どもえ》』。

出雲国一の宮の熊野《くまの》大社は『亀甲に大の字』。

やはり素戔嗚尊を祀る八重垣《やえがき》神社は『亀甲に剣花菱』。

伊弉諾尊・伊弉冉尊を祀っている神魂《かもす》神社は『二重亀甲に有の字』だ」

「全て亀甲紋！」

奈々は驚いたが、

「いや」と崇は首を横に振った。「もちろん、亀甲紋ではない神社もいくつかある。たとえば石見《いわみ》の物部《もののべ》神社とかね。しかし、物部神社はその名の通り物部系だから、俺の中では出雲系と少し異っている。逆に言えば、神紋を見れば簡単な区別がつくということになるな」

ということは、と奈々は崇を見た。

「この白山比咩神社も、出雲系の神？」

「おそらく、そういうことだ。しかも『亀甲』の中に『瓜の花』だ。『瓜』といえばすぐに、素戔嗚尊を祀っている京都の八坂《やさか》神社の神紋『五瓜《ごか》に唐花《からはな》』を思い出す。そもそも『瓜』といえば、河童《かっぱ》だしな」

以前に聞いた。胡瓜《きゅうり》――木瓜《きうり》が河童の好物という言い伝えには、数々の意味が込められているのだと。

　その話を耳にした時も、ショックを受けた。単なる笑い話だと思っていたのに、奈々の想像を遥かに超えた、深く暗い歴史が隠されていたのだ……。

「つまり、菊理媛も、その方面の神様と深い関係がある女神というわけなんですね」

「そうだろうな。ちなみに、素戔嗚尊の娘神である市杵嶋姫命《いちきしまひめ》を祀っている広島の嚴島《いつくしま》神社の神紋は、出雲大社の神紋を三つ組み合わせた『三つ盛二重亀甲に剣花菱』だ」

　なるほど、と奈々は思う。

　こういった歴史には、必ずどこかで理論が通じているものだ。昔人を甘く見てはいけない！

　奈々は気を引き締めながら、境内を歩く。

　外拝殿を背にして、右手にはご神木の「三本杉」が立ち、その横に社務所が、更に奥には日本庭園があるらしい。そのまま社務所横を通って進むと北参道となって、手水舎や車祓所《くるまはらいしょ》、そして白山から染み出してくる伏流水の「白山霊水」をいただける場所もあるそうだ。

　また、北参道から境内に入る場合には、鳥居脇にある「触穢の所《しょくえところ》」で、自ら祓《はらえ》詞《ことば》を唱えて自分の体に塩を撒《ま》き、幣《ぬさ》を持ってお祓いするようになっているのだ、と崇が説明した。

その反対側には、参集殿が建っているのを見た崇が、

「あの脇あたりから、本殿近くまで行かれそうだ」などと言う。「ちょっと行ってみよう」

言うが早いか、ずいずいと歩き出したので、奈々もあわててその後に続く。すると確かに幣拝殿の後方、緑の木々の隙間《すきま》から、三間社流造の屋根の上部が見えた。奈々が、その立派な建物を見上げていると突然、

「これは……」

崇が絶句した。見れば、額に深く皺《しわ》を寄せている。

どうしたんだろうと思った奈々が尋ねると、

「千木《ちぎ》を見てみろ……」

半ば絶句したように呟いた。

千木というのは社殿の屋上、破風の先端の木が、交差しながら空に向かって突き出している部分のことだ。「鎮木」とも書く。

「それが？」

奈々の言葉に、崇はまだ呆然としたまま答えた。

「男千木《おちぎ》だ……」

「えっ」さすがに奈々も驚いて、再度見直した。「本当です！」

自分の目を疑ったが、間違いない。

屋上の千木は、外削《そとそ》ぎ——つまり、木の先端が地上と直角に切り落とされているという「男神《おがみ》」を祀る様式だった。ちなみに「女神」の社殿は、女《め》千木——内削《うち》ぎで、先端が地上と水平になるように切り取られている。

つまり、この本殿には「男神」が祀られていることになる。

「どういうことなんですか！」

「分からない……」崇は、まだ千木を見上げたまま首を横に振った。「神社に訊《き》いてみよう」

急ぎ足で戻る崇の後を追いながら、奈々も頭が混乱してくる。

崇は、まるで社務所に飛び込まんばかりの勢いで、巫女に質問を始めた。だが、巫女は困った顔で首を傾げるばかりで回答できない。そこで、

「歴史に詳しい神職を呼んで来ます」

と言うと、奈々たちをチラチラと振り返りながら奥に入って行った。

その姿を見送りながら崇は、他の巫女から『白山比咩神社　略史』を購入すると、真剣な顔つきでめくっていた——。

奈々は思う。

神社におけるこういった様式のルール——特に、男千木・女千木と男女神との関係などは、一つの目安に過ぎないのだと主張する人々も大勢いる。

ところが、そう主張する根拠は？　と尋ねてみると、ほぼ誰もが伊勢《いせ》神宮《じんぐう》を例に出してくる。天皇家の祖神を祀り、「神宮」とだけ言えば「伊勢」を指す、日本を代表する神社だ。

神宮の祭神は、もちろん天照大神と、大神の食事を司《つかさど》る豊受《とようけ》大神であり、二柱共に女神とされている。ところが、天照大神を祀る内宮《ないくう》の女千木は当然としても、豊受大神を祀る外宮《げくう》の千木は「男千木」なのだ。更にそれに倣《なら》うかのように、関係する社も同じような様式になっている。故にこの事実を以《もっ》て、男千木・女千木は、男神・女神を判断する基準にならないと言う。

ところが。

去年、崇はその疑問点に関して、やはり伊勢神宮の男千木・女千木は間違っていないという答えを出した。しかも、たった一言で説明したのだ。

奈々も、その話を耳にした時は、本気で驚いた。一緒にいた崇の同級生で、ジャーナリストの小松崎良平《こまつざきりようへい》も愕然《がくぜん》としていたから、これは余り一般的に聞かない説であり、崇が勝手に考えた説なのだろう。

だがその説明に伴って、男千木・女千木というような細かい話だけでなく、伊勢神

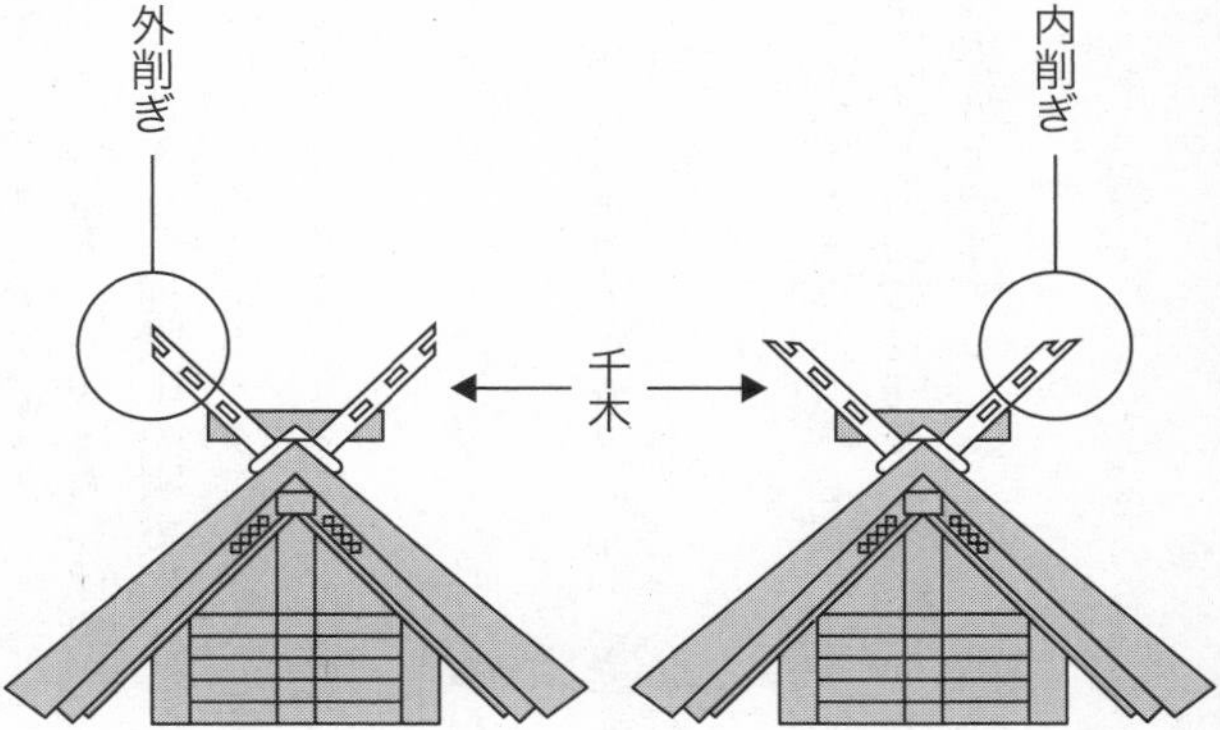
外削ぎ
内削ぎ
千木

宮にまつわる三十余りの謎が全て解けたのだ――。

奈々がそんなことを回想していると、やがて濃い色の袴姿の神職がやって来て、崇は再び同じ質問を投げかけた。すると神職の説明では、この様式はずっと昔からここに伝わってきているものであり、そもそも、女神だから必ず女千木でなくてはならないということはないのではないか、という回答だった。そして、それ以上のことは分からない、と。

奈々は、崇が更に突っ込んで尋ねるのかと思い、半ば興味深く、同時にハラハラしながら横で聞いていたが、

「ありがとうございます」崇は、神職と巫女に向かって一礼すると、「お忙しいところを、申《もう》し訳《わけ》ありませんでした」

静かに社務所を離れた。

崇はそのまま境内を歩き、白山奥宮遥拝所《おくのみやようはいしょ》へと向かう。前面に明神鳥居が立ち、その向こうには、御前峰・大汝峰・別山に見立てた大岩に、大きな注連縄が掛けられていた。奈々たちは、そこで奥宮を遥拝する。

それがすむと、

「タタルさん」と奈々は、小声で尋ねた。「さっきの説明で、納得されたんですか」

「……何を？」

「もちろん！　本殿の男千木の件です」

ああ、と崇は言う。

「確かに、男千木・女千木というのは、神社様式構成の中の一つの『型』だから、百パーセント必ずということはない。長い年月の間に何度も焼失を繰り返したり、戦乱に巻き込まれてしまったり、あるいは災害による倒壊と建て直しの繰り返しの中で、いつしかその『型』が崩れてしまったりした可能性もある。また実際にあった酷い話では、当時の権力者によって社殿の向きを変更させられたり、祭神を入れ替えさせられたりした神社もある。しかし、古く長い歴史を持っている神社であれば、万が一そんな変遷があったとしても、どこかにその痕跡が残っているはずだ」

まさに、去年の伊勢神宮のように――。

心の中で思い浮かべながら頷く奈々を、崇はチラリと見て、

「というのは、あくまでも俺の直感だが――。また、当の神社で分からないと言われた以上、ここから先は俺たちで勝手に考えても良いことになる」

楽しそうに笑った。

奈々たちは白山比咩神社を後にすると、背後にそびえる後高山《しりたかやま》――獅子吼《ししく》高原へと向かった。

この「獅子吼」という名称は、泰澄が白山登拝の際に宿を取った四つの宿《しゆく》、つまり「四宿《ししゆく》」からきているともいわれている。またここは、高原というよりは、標高約六百五十メートルの山で、山頂まで麓から高速ゴンドラで約五分。そしてその頂上には、獅子吼白山比咩神社を始めとして、広いゲレンデやカート乗り場などの遊技場施設も整備されているらしかった。

「山で思い出したが」ゴンドラに乗り込むと、崇は口を開いた。「白山には『わらじ伝説』という昔話がある。白山比咩神社奥宮がある御前峰の頂上には、石を積み上げた塚があって、その上にたくさんの草鞋《わらじ》が載せられていた」

「草鞋が？」

昔、と崇は言う。

「加賀国の男と駿河《するが》国の男が旅先で一緒になり、お互いの国自慢を始めた。するとそのうち話題は、白山と富士山のことになって、どちらが日本一高い山かということで言い争いになった。しかしそこで決着はつかなかったので、国に帰ったら、白山と富士山の頂上に長い樋《とい》をかけ、そこに水を入れて、流れて行く方が低いということで決着をつけようという話になった」

「それはまた壮大な勝負……」

笑う奈々に、崇は続けた。

「やがて故郷に戻った二人は、大勢の仲間を募《つの》って白山と富士山の頂上を樋で繋ぎ、水を注ぎ入れた。するとその水は、徐々に白山の方へと流れて来る。あわてた加賀の人たちは、急いで草鞋を樋の下に積み重ねて水の流れを止めた。その結果、白山と富士山は同じ高さだったということになり、この競争は引き分けになった。それ以来、白山に登った人間は頂上で草鞋を脱ぎ、塚の上に載せるという風習ができたという」

微笑ましい話なのか、小狡《こずる》い話なのか。

それとも、加賀の人たちはそれほど負けず嫌いだったということなのだろうか……などと考えていると、あっという間にゴンドラは標高約六百五十メートルの、獅子吼高原山頂に到達する。

ゴンドラを降りると、一面に緑の山が広がっていた。日差しは強いものの、とても爽快だった。遥か眼下の加賀平野に向かってフライトするハンググライダーを眺めながら、奈々たちは獅子吼白山比咩神社へと向かう。

その坂道を登るにつれて、左手に広がる景色は益々壮大になってゆく。特に素晴らしいのは、手取川の風景だ。まるで天の川のように、あるいは天に昇る龍のように、扇状地の中央部をゆったりと雄大に流れている。奈々は、天と地上を繋ぐ架け橋の天橋立を思い出した。ここでは陸地と海とが反転しているが、まさにそんな光景だ。

奈々たちは、一間社流造の小さな社に参拝すると、再びゴンドラ乗り場へと戻り、スカイ獅子吼を後にした。

その後、山麓にある、「獅子ワールド館」に入った。いくら入館無料とはいえ、どうして崇がこんな所に立ち寄るのだろうと思ったのだが、館内に入ると目を見張ってしまった。そこには、無数の獅子頭《がしら》がズラリと展示されていたからだ。

館内の説明によれば、天正十一年（一五八三）、前田利家が金沢に入城の際に歓迎の獅子舞が演じられ、それ以降、代々保護されてきたのだという。奈々が、

「利家は、それほどまでに獅子舞を喜んだんですね」

と訊くと、

「もっと現実的な理由がある」と崇は答えた。「獅子舞は、他国の武将たちや権力者の目には、単なる祭りの舞踊として映る。しかし実際は、加賀藩の武士たちの修練として行われていた」

あっ、と奈々は納得した。

重い獅子頭を被って、あちらこちらと縦横無尽に飛び跳ねながら踊ることは、足腰の鍛錬になる。更には、戦場での身のこなし方の訓練にも繋がっていたのかも知れない。単なる風習と思っていたことにも、色々な裏の歴史があるものだ——。

館内には、岩手、熊本、富山、岐阜、鳥取、沖縄などの獅子頭から始まって、中国、韓国、台湾、更にはインドネシア、ネパールなどの国々の「獅子」も展示されて

いた。

しかし、何と言っても圧巻だったのは、地元・鶴来で造られた日本一を誇るという、金色と赤色の雌雄の獅子頭だ。それぞれの頭の高さは約二メートル、幅四メートル、重さ一・五トンというのだから圧倒される。奈々は、金沢出身の作家・泉鏡花《いずみきようか》の書いた『天守物語《てんしゆ》』に登場する、あの大きな獅子頭を思い出してしまった。

そんな獅子頭を一つずつ丁寧に見ていた崇は、急に「ふん」と頷くと、

「さて、次に行こう」

と言って、スタスタと外へ出た。

そこでタクシーを呼び、今度は手取川沿いに鎮座している白山比咩神社古跡『安久濤《あくど》の森』の、水戸《みと》明神へと向かう。白山比咩神社が現在地に遷るまでの間、鎮座していた場所だ。

「この『略史』によれば」

崇は、タクシーの中で資料を開いた。

「第四十四代・元正《げんしよう》天皇の御代《みよ》、霊亀《れいき》二年（七一六）から、何と第百三代・後土御門《ごつちみかど》天皇の御代、長享《ちようきよう》二年（一四八八）までの七百七十二年にも亘る期間、鎮座していたというんだからな。これは、きちんとご挨拶しなくてはならない。しかも手取川は、この県の名称の由来ともいわれている川だからな」

「古名が『石川』だったらしい。それほど、この地に密着しているんだ」

「石川県の？」

「そうなんですか――」

納得する奈々を乗せたタクシーは、山道を下る。そのまま北陸鉄道石川線・加賀一の宮駅へと向かい、やがて小さな駅を過ぎると広い親水公園に到着した。この公園の中央近辺に、水戸明神が鎮座しているらしい。

すぐ目の前に流れる手取川を眺めながら、

「『菊慈童《きくじどう》』という能がある」と崇が言った。「これは観世《かんぜ》流の呼び方で、他の流派では『枕慈童《まくらじどう》』と呼んでいる四番目物《よばんめもの》の能なんだが、この話は中国の彭祖《ほうそ》が菊の露を飲んで不老不死の仙人――菊慈童になった、という伝説からきている。それを踏まえてわが国では、九月九日の重陽《ちょうよう》の節句などに菊酒を飲むと、寿命が延びるなどと言われた。そして、その菊酒こそ、この地が本場なんだ。というのも、かつては白山の谷には多くの野生菊が繁茂していた。その無数の菊花の滴りを受けて、この手取川は流れている。そして、手取川の清らかな水で醸《かも》した酒に、菊花を浮かべて飲んだという」

それは素敵だ。ただ単に、日本酒に菊の花を浮かべていただくより、数段味わい深かったことだろう。

二人が小ぶりの石鳥居をくぐると、その先に一間社流造銅板葺きの、小さな社殿が建っていた。しかもその場所は、手取川に臨む森の中で、この辺りの扇状地を潤《うるお》す用水の水門があった場所だという。近くには「安久濤淵《あくどがふち》」と書かれた案内板も立っている。まさに水戸《と》――水の門だったのだ。

祭神は、速秋津比子《はやあきつひこ》・速秋津比売《ひめ》。祓戸《はらえど》の大神だ。奈々はこちらでも、深く丁寧にお参りした。

参拝を終えると奈々たちは、徒歩で駅へと戻る。

ここから二両編成の可愛らしい電車に乗って、新西金沢まで約三十分。そこでまたタクシーを拾って、沙織のマンションまで行く予定になっている。

少し時間が遅くなってしまったが、ほぼ想定内。いや、崇と神社巡りをしたことを考慮に入れれば、予定通りといっても良いのではないか。

駅に到着すると、電車の時間までまだ三十分近くあったので、奈々たちは待合室の古ぼけたベンチに並んで腰を下ろし、一息ついて汗を拭った。

待合室で電車を待っている地元のお年寄りたちの会話を聞けば、この駅は乗降客の激減で、いずれは無くなってしまい、何年か後には、鶴来が終点になるという。

だがそうなると、白山比咩神社に参拝するためには、鶴来からバスかタクシーになる。であれば、最初から金沢から一気にタクシーで神社まで行ってしまおうという参拝客が増えるのではないか。すると益々、乗客減少に拍車がかかるかも知れない……

などと、奈々は勝手に思った。

ペットボトルのお茶を飲みながら、駅の構内をフラフラと歩き回っている崇を横目に、奈々は沙織に連絡を入れるために携帯を取り出した。すると、

〝あ……〟

電源を入れ忘れていた。今朝、羽田空港から沙織に電話して、その後、飛行機に乗る際に切ったままになっていたのだ。

奈々は急いで電源を入れ、画面が立ち上がるのを待って沙織に連絡を入れた。すると珍しいことに、二回目のコールを待たずに「もしもし」と沙織が応答した。

「ああ、沙織——」

微笑みながら口を開いた奈々に、

「お姉ちゃん！」沙織は叫ぶ。「今どこなのっ」

何を慌てているんだろうと思いながら奈々は、今までの経過と、そして現在の状況を伝えた。

「何度も電話したのに！」

「ゴメンなさいね」奈々は笑いながら謝る。「飛行機に乗る時に電源を落として、そのままにしちゃって。それで——」

「そんなことはいいから、タタルさんと一緒に早く来て！」

「すぐ行くわよ」相変わらずオーバーな子だと心の中で笑う。「これから電車に乗るんだけど、まだちょっと来ないわね。あと二十五分くらい」

「そんな呑気なこと言ってないで、すぐに来て！」

「だって電車が――」

「そこからタクシーに乗ってよ。とにかく大変なのよっ」

「どうしたの。何があったの？」

「うちの旦那《だんな》――隆宏さんの知り合いのおじさんが首を切り落とされて殺された上に、お義兄《にい》さんも入院したのよ。それで、隆宏さんも警察に」

「首を……って」奈々は息を呑む。「殺人事件に巻き込まれている……ということ？」

「そうよ！　今朝から金沢中、大騒ぎ！　お姉ちゃんは、この事件の話、何も聞いてないの？」

「朝からずっと神社巡りだったから……」

それは、と沙織は嘆息した。

「タタルさんと一緒じゃ仕方ないね。でも、とにかくすぐに来て！」

「分かった」

奈々は一旦電話を切る。そして、今の話を崇に伝えながら、駅前のタクシー乗り場に向かった。しかし、タクシーどころか車の影さえない。ただ真夏の日差しが、ギラギラと照りつけているだけだ。

「どうしましょう」奈々は焦る。「駅員さんに訊いて、タクシーを呼んでもらうしかないですね。そこでまた、時間を取られてしまうけど」

「それならば」と崇はのんびりと言う。「電車の方が早い。乗ってしまえば、三十分ほどで到着する。タクシーだと、それ以上かかる」

「でも！ここであと二十分も何もしないで待ってるよりは、早いでしょう」

「そんなに待たないよ。夏季臨時列車があると、駅の時刻表に書いてあった」

「え？それって何分後なんですかっ」

「確か……」崇は時計を見た。「あと二分後くらいじゃないか。ほら、あそこに停まっている列車だ」

「ええっ」

奈々があわてて振り向くと、確かにホームには二両編成の列車が停まっており、すでに数人の乗客が中に座って発車を待っていた。

そういえば駅員が、しきりに時計に視線をやっているではないか。しかし奈々は、先ほどから沙織と電話で話していたので、まだ切符さえ買っていない。

何ということ！

崇も崇だ。どうしてそれを先に言ってくれなかったのか。

いや。急いで向かうという話は、今決まったばかりだから、仕方ない。今はとにかく、早く駅に戻らねばならない。

「タタルさん、急ぎましょう！　切符も買わなくちゃ！」

「切符はある」

奈々の横を走りながら、崇は切符を二枚見せた。

「えっ」

「きみが話に夢中になっていた時、電車の時刻を確認したついでに、二人分購入しておいた」

「あっ」奈々は、目を丸くしながら一枚受け取る。「ありがとうございます！」

二人は大慌てで、改札へと向かった。

《白い厄》

捜査一課に戻ってきた的場は手帳を片手に、今回の事件をザッと振り返った――。

肝心の首と凶器は、まだ発見されていないが、被害者は鶴来の地主・日影修平、四十八歳と推測される。日影は独り暮らしのようなので、現在自宅に連絡しているが、まだ朝早いこともあり、繋がらない。しかし現在、警官が直接家に向かっているので、いずれ連絡は取れるだろう。

また、手取川上流で発見された大量の血痕は、これもDNA鑑定待ちだが、日影の物と見て間違いないと思われる。凶器はおそらく、刃先の鋭い鉈のような物。

そして、ここが非常に奇妙な点なのだが、犯人は日影を麻縄で絞殺、あるいは首を絞めて気絶させてから、改めて首を落としたということになる。この一点だけを最初に監察医に確認したところ、おそらく間違いないでしょう、という答えだった。

〝犯人は何故、わざわざそんなことをした？〟

首を落として被害者の身元を不明にしようと思ったならば、まず衣服を剝《は》ぎ取《と》って、持ち物を廃棄すべきだ。しかし、そんなことはしていない。かといって、誰か他人に日影の服を無理矢理着せたとも思えない。

とすれば、念には念を入れて首を落とすほど、犯人は日影に対して、深い恨みを抱いていたということなのか。とすれば、怨恨の線も当たる必要があるだろう。

次に、現場付近で地面に後頭部を打ちつけ、意識不明で倒れていた白岡喬雄、四十四歳。この男が事件にどこまで関与していたのかは、まだ不明だが、犯人の可能性も高い。何しろ靴底から、血痕が見つかっているのだ。少なくとも事件現場まで歩いて行っていることは間違いない。但し、凶器の一つと思われる麻縄からは、今のところ白岡の指紋は発見されていない。

更に、近くの公衆電話からの「男が二人喧嘩をしている」という通報。これは素直に、日影と白岡が何らかの理由で揉《も》めていたということだろう。代々続く地元の名家同士だから、うわべだけでは推察できない妬《ねた》みや嫉《そね》みや恨みが潜んでいるかも知れない。いずれにしても、白岡の意識の回復を待って、事情聴取しなくてはならない。

そして、もう一点。

事件当時、現場から走り去って行ったという女性だ。その女性は、この事件と関わりがあるのか、それとも偶然通りかかったのか。たまたま通ったとしても、事件を目撃した可能性もある。なのに、警察への通報は未だにない。実際に通報してきたのは、車で通りかかった男性だった。このあたりも何となく引っかかる――。

的場が嘆息して手帳を閉じた時、

「警部補、二点ほど」と猿橋がやって来て告げた。「まず、入院中の白岡の家族と連絡が取れました。弟さんです。すぐに病院へ行き、その足でこちらにやって来てくれるそうです。簡単に話を伝えたんですが、かなり驚いていた様子でした」

「そりゃあ、びっくりするだろうな」的場は苦笑する。「何しろ、殺人事件現場と思われる場所に、自分の兄さんが倒れていたんだ。しかも、ひょっとすると兄さんが、事件に深く関わっているかも知れんのだからな。その弟の名前は？」

「隆宏。白岡隆宏、三十二歳、現住所は西金沢です」

「その弟にも、じっくりと話を聞かなくちゃならないな」

「はい」と猿橋は頷いた。「そしてもう一点ですが、被害者の日影に関してです。実は彼には、婚約者がいたようなんです」

「ほう……」

「やはり鶴来在住の」猿橋はメモに目を落とした。「黒沼《くろぬま》百合《ゆり》という、三十二歳の女性だそうです。住所も電話番号も分かっています」

「臭うな」

「事件当時、土手で目撃された女性という可能性も高いですね」

「すぐに連絡を取れ。そっちが先だ」

「了解しました」

と答えると、猿橋は電話に飛びついた。

＊

奈々たちは息を切らせて改札を通り抜けると、発車寸前の電車に飛び乗った。発車のベルを聞きながら二人並んでシートに腰を下ろし、再び噴き出した汗を拭うと同時に、電車はホームを出発した。

ここから約三十分。タクシーを呼んでもらって移動するより遥かに早い。奈々は崇に感謝する。

しかし、ここが始発駅で助かった。もしも出発ホームが線路の向こう側で、線路をまたぐ連絡通路の階段を上り下りしなくてはならなかったら、ギリギリで間に合わなかったかも知れない。

奈々は、まだ弾んでいる胸の鼓動を整えながら崇にお礼を言うと、続けて沙織に「臨時列車があったので、タクシーで行くより早く到着できそう」というメールを送った。電車は空いていたので、車内でこっそり電話をしても大丈夫そうだったが、どちらにしても、改めて崇と一緒に話を聞いた方が良いだろうと判断したのだ。

沙織から「了解！」という返事をもらうと、奈々はホッと嘆息する。そして、隣に腰を下ろして、汗を拭いながらも資料に目を落としている崇に、先ほどの沙織の話を伝えた。

すると崇は、

「奈々くんの行く所、常に事件ありだな」などと言う。「まさに、嵐を呼ぶ海燕《うみつばめ》のようだ」

えっ。

それは「崇の行く所」の間違いではないのか！

言い返そうと思った時、

〝非常に脆く危うい願望だ――〟

〝それでも巻き込まれちゃうのが、奈々さんたちの天命――〟

外嶋と美緒の言葉が頭をよぎった。

そして更に、彼らとの約束も……。

だがおかしい。何かが変だ。

これは決して、奈々のせいではない！

大体、今回も奈々とは全く関係のない所で起こった事件ではないか。関係者というなら、それは沙織だ。絶対に奈々は、これらの事象とは無関係……。

心の中で必死に訴えていると、隣で崇がパタリと資料を閉じた。そして呟《つぶや》く。

「やはり、今回のポイントは『白』だな」

「白？」

思わず尋ねた奈々に、崇は言う。

「白山信仰を一言で表せば、白山という霊山に座《いま》す神々への信仰ということになる。そして白山は、ほぼ一年中雪を被ったその白い姿が特に崇《あが》められた。つまり『白』に対する信仰だ」

「…………」

沙織の旦那さんが巻き込まれてしまった事件の話など、これっぽっちも聞いていなかったのか。ここまで事件に無関心だと、まさに純白無辜《むこ》と呼べるほど潔いのかも知れない……。

上目遣いで見つめる奈々に、崇は尋ねてきた。

「きみは『白』について詳しいか？」

「白、ですか？」

詳しいかと訊かれても……何とも答えようがない。

太陽光が乱反射した色で、光の三原色を合わせた色で、酸化マグネシウムの色で、白色顔料の鉛白《えんぱく》で、心のどこかで憧れている花嫁衣装――。

奈々が戸惑っていると、

「では」と崇は言った。「駅に着くまでに話しておこう」

やはり、事件に関しての話にはならなかった。

というより、崇にそれを期待する方に無理があるか――。

「柳田國男《やなぎたくにお》は」

崇は、奈々の心中を全く気にかけることなく口を開いた。

「『明治大正史 世相篇《へん》』という論の冒頭で、

『現在は台所の前掛《まえかけ》に迄《まで》も使はれるやうになつたが、白は本来は忌々《いまいま》しき色であった。日本では神祭の衣か喪の服以外には、以前は之《これ》を身に着けることは無かったのである』

と言っている。ちなみに、現在の礼服とされている『黒』は、明治天皇妃・昭憲《しょうけん》皇太后の国葬に際して西欧式を採用して以来のことだから、非常に歴史が浅い。それまで『白』は『禁色《きんじき》』とまではいかないものの、言い換えれば『神』に通ずる色だった」

と言って崇は、コンパクトな辞書を開いた。

「『漢辞海』には、こうある。

『白。

けがれがない。きよい。あきらか。あかるい。何もない。申し上げる』

そして使用例として、

『白衣・白雨・白眼・白銀・白虎《びやつこ》・白日・白首（白髪頭）・白刃・白檀《びやくだん》・白兎《はくと》・白《はく》眉《び》・白面・白夜・白露』などなど——。

古代日本語での色名は、赤（明《あか》）、白（顕《しろ》）、黒（暗《くろ》）、青（漠《あお》）の四色に限られていた。しかも、この場合の『白』は現代でいう『ホワイト』ではなく『素《しろ》』という意味合いが強かった。それが徐々に『ホワイト』を表すようになっていったのは、十世紀半ば以降ではないかといわれている」

そうなんですね、と奈々は頷く。

「でも『曰す』も『白』なんですか？」

「だから、菊理媛——白山比咩大神が白（曰）すという文章は、綺麗に『白』で統一されていることになるな」

崇は微笑んだ。

「古代では、ケガレとしての『不浄』が三つ考えられていた。一つは、月経の『赤不浄』、二つめは死の『黒不浄』、そして三つめは出産の『白不浄』だ」

「出産はおめでたいことじゃないんですか？　それが不浄って」

「当時の出産は、文字通り命がけだった。先ほどの伊弉諾尊・伊弉冉尊ではないが妊産婦が命を落とす、あるいは胎児や新生児が死傷してしまうことなど、日常茶飯事だったために、不浄とされた。『赤不浄』の月経は、これから命を授かることができる印という意味では『生』。『黒不浄』は、その生を終える『死』。そしてこの『白不浄』は、『生と死』両方を含み持っていることになる」

「当時は、死穢《しえ》に対して過剰とも思えるほど反応していたんですね。いえ、確かに死は恐ろしいですけれど」

「現代でもそうじゃないか」崇は奈々を見た。「良い意味でも、悪い意味でも」

「え？」

「一番身近なのは、葬式帰りに自分の体に塩を撒く行為だ。あれも、死穢を祓うための習慣だ。また、年賀状の欠礼もそうだ。あの忌中ハガキは、死穢を身に受けてしまったために喪に服していますという意味だろう。不浄という観念は、現代でも脈々と息づいている」

　そういわれれば——。

　やはり全ての歴史は、決して遠い場所に眠っているわけではない。こうして現在も、奈々たちの周りに息づいている。いや、奈々たちだけではない。誰もが皆、連綿と過去から続く「歴史」の中に、しっかりと身を置いているのだ。

そんなことを再確認させられながら、

「でも……その生と死の両方を携えているのが、白山？」

「白山や貴船山や嚴島の弥山《みせん》などを例に挙げるまでもなく、山の神様は——今でも自分の妻をそう呼ぶ人がいるように——本来は女神だった。それなのに白山は、『山岳信仰、とりわけ白山信仰は、産穢《さんえ》、血穢《けつえ》に厳しく、女人禁制が徹底している。これは、明らかな矛盾である』」

と前田速夫は言っている。とはいうものの、まさに『白』は『神』の色といって良いだろうな」

「白は……神の色」

「また『百』も日と同様に『白』と考えられていた。実際に諸橋《もろはし》『大漢和辞典』では、同字と見なしている。ちなみに『白太夫《しらだゆう》』や『百太夫《ひゃくだゆう》』も、そこかしこで混同されている。故に、操《あやつ》り人形を遊ばせる芸人の傀儡子《くぐつ》たちや、遊女たちが祀っていた『百神』『百太夫』なども、白山比咩大神と同体とされ、民間信仰では道祖神《どうそじん》や、疱瘡《ほうそう》除《よ》けの神ともなっている。ちなみに菊池山哉も、百神＝白神＝白山比咩大神と考えていたという」

「そうなんですね……」

「あと『白』が冠されている神としては、白髭神《しらひげ》がある。この神は、そう命名される以前は、比良《ひら》山を神体山として祀っていて、『三代実録《さんだいじつろく》』の貞観《じょうがん》七年（八六五）正月十八日の条などを見ると、白山権現が比叡山《ひえいざん》の傘下に入って間もなく、この比良神にも神位が与えられているところからも、比良神は『シラ神』が元なのではないかという説もある」

確かに、タイミング的に考えれば、その可能性が高い。

だがそういわれると、「白」は「神」と非常に近しい色だという気がしてきた。少なくとも「黒」よりは近いか。

「その他には」崇は続ける。「天白神《てんぱく》などもある。また、白神信仰を広めたとされている『白比丘尼《びくに》』は、不老不死の八百《やお》比丘尼と同一人だともいわれているしね。そして」

崇は奈々を見た。

「そんな『白』と『神』。二つを合わせ持つ『白い神』といえば、白山比咩大神以外にも、すぐ思い当たる神がいるだろう」

「白神山地？」

「実に惜しいが、それは神の名前じゃない」

「じゃあ、何ですか？」

「もちろん『オシラ様』だ。きみも聞いたことがあるだろう」

「それって……」奈々は首を捻って思い出す。「確か、東北地方に伝わる神様ですよね。沙織と一緒に、岩手の遠野《とおの》に行った時に、見たような見なかったような……」

「オシラ様の詳しい内容に関しては？」

「殆ど知りませんけど……」奈々は尋ねる。「でも、その『オシラ様』が、本当に白山比咩大神と関係が？」

「信州の居高《いたか》という巫女が諸方をまわる際には、必ず『外法箱《げほう》』という名の小箱を風《ふ》呂敷《ろしき》に入れ、背負っていたという。その箱の中には人形が入っており、それが巫女の呪力《じゆりよく》の源泉だとされていた。だが、この人形については、さまざまな説があって、正体は分からなかった。そこで、おそらく次の六つのうちのどれかではないかと推測されていた。

一、普通の雛人形《ひなにんぎよう》。
二、藁《わら》人形。
三、小さな案山子《かかし》。
四、男女の和合《わごう》神。

五、犬猫の頭蓋骨《ずがいこつ》。
六、外法頭《げほうあたま》の、人間の髑髏《どくろ》。

そこで菊池山哉は言う。

『しかし居高はこの箱は秘して、絶対に見せないと言われている。（中略）このイタカの信仰は、原住民の信仰で、大和《やまと》民族のもっておったものでないからで、外法箱の中は言うまでもなくオシラ様である』とね。同時に、民俗学者の宮本常一《みやもとつねいち》はこんな事を書いている」

崇は資料に視線を落とした。

「『この白山神社の御祭神というのは菊理姫命といっているんですが、他に白山姫命という呼び方もありまして、白山姫命ということになりますとそのまま「おしら」の「しら」に通ずることになるわけなんです。白山姫命をまつったのがおしら様である。ちょっとこじつけのように聞こえますが、それを立証するようなものがあるんです。それはイタコたちが必ず筒になったものを肩へかけています。それをイタコたちは「お大事」といっています。（中略）そのお大事というものを、われわれのような者は開けて見てはいかんということになってるのですが、開けて見せてもらいました。すると中に紙が入っていて白山姫命と書いてあるんです』――とね」

「本当に見ちゃったんですね！」

「そうらしい」崇は大きく頷いた。「素晴らしい行動だった」

いや、そういう意味ではなく――。

戸惑う奈々の隣で、
オシラ様は、と崇は続けた。

「東北地方を中心に信仰されてきた土俗神で、一般的には農耕・養蚕の神と考えられている。神体は、三十センチほどの桑の木か竹の棒で、これに『オセンダク』という布を着せる。棒の先端には男女、あるいは馬の顔を彫るか墨で描く。これらは通常、イタコ――菊池山哉の言う『居高』――と呼ばれる盲目の巫女が、家々から頼まれて司祭した。そのイタコは神下ろしをした後、祭文を唱えながら、両手で神体を回す。これを『オシラ様を遊ばせる』と称したんだ」

「何となく、不思議な神様ですよね……」

「仏教渡来以前の古い神の祀り方に、やがて依り代《よりしろ》としての棒が用いられ、それに顔を描いたり布を着せたりするようになったと考えられているようだな。実際に現在でも、遠野の伝承園にある『御蚕神堂《おしらどう》』には、綺麗に着飾った無数のオシラ様が展示されている。きみは見なかったのか？」

「え」奈々は上目遣いで頷く。「見たような見なかったような……」

おそらく行ってはいるのだろうが、記憶に残っていなかった。

ただ、そういえば何となく、色とりどりの着物に身を包んだ小さな人形が、無数に並べて飾られている部屋があったような気もする。

「着飾ったといえば」奈々の返答を無視して崇は言う。「ちなみにこの神は『おひら様』とも呼ばれた」

「おひら様？」

「もちろん、お雛様の転訛《てんか》だろうな」

「ああ……」

「東北地方は、都から見れば鄙《ひな》であり、夷《ひな》と考えられていたしね。そして、このオシラ様はその家の人々に災害、火難、盗難、病難などの、事前に察知できない諸々《もろもろ》の災難を予知してくれたといわれてる。ある意味では、今の雛流しの雛が、自分たちの身に降りかかる災《わざわ》いを持ち去ってくれるのと同じ思考だ。しかも、オシラ様の『シラ』は、太陽や光を表すという説がある。そしてこれは、さっきの『白不浄』にも通じるが『産み育てる』という意味も込められている」

「まさに神ですね」奈々は頷いた。「でも、やっぱりちょっと変わっている神様」

「その伝承も変わっているんだ——。昔、ある長者の娘に野馬《のうま》が恋をした。当然、長者は畜生の分際でと激怒して、野馬を桑の木に吊し、その首をはねて殺してしまった」

「首を！」

今回の事件を思い出して驚いた奈々には、全く気づく様子もなく崇は続けた。

「野馬の死を悲しんだ娘は、その首を抱きしめて泣きながら、生まれ変わったら必ず一緒になろうと約束した。すると、天空から野馬の霊が舞い下りて来て娘を馬の皮に包むと、空の彼方《かなた》に連れ去ってしまった——あるいは娘が馬の首にまたがり、空へ昇って行ってしまったともいう。この、馬の首にまたがって昇天するという表現は、かなりエロティックだな。西洋の魔女が箒《ほうき》に跨《また》がって、夜空を飛ぶようなものだ」

「え……」

絶句する奈々を置き去りに、崇は続ける。

「一般的には、異類婚姻譚《いるいこんいんたん》とか、馬娘婚姻譚《ばじよう》と言われている。これに関しては、さまざまな分析がなされているようだが、俺はごく素直に、権力による性管理と考えれば良いと思ってる」

「性……管理？」

「きちんとした身分の長者に、賤《いや》しい『馬』などの血を混じらせるわけにはいかないというわけだ。『古事記』などには、馬婚《うまたわけ》や、犬婚《いぬたわけ》という言葉が見られるから、異類婚姻譚が皆無だったとは断定できない。しかしこういった伝承は、婚姻を願うどちらか一方の身分が非常に賤しく、畜生並みに扱われる存在だったということを表している。故に『どこの馬の骨とも知れぬ奴』という言葉まで生まれたという説もある」

そういうことか——。

ここでもまた、悲しい歴史が隠されていた。

奈々が思わず俯《うつむ》くと、

「オシラ様は『おこない様』とも呼ばれた」崇は言った。「もちろん、この『おこない』というのは性交、セックスのことだ」

「え……」

「だからこそ、二体の男女神のオシラ様を『遊ばせる』んだ。彼らの霊の慰撫《いぶ》鎮魂のためにね。また更に、別称として『おしめ様』というものがある。これは『しんめい様』が変容した名前だ。これに関しては、先ほどの馬の伝説から『神馬様』ではないかという説もあるが、これは間違いなく『神明』——天照大神のことだろう」

「養蚕の神様ですし……」

その通り、と崇は頷く。

「菊池《きくち》展明《のぶあき》は、天照大神の祖型神として、祓戸《はらえど》大神の一柱である瀬織津《せおりつ》姫がいると言っている。その瀬織津姫を天白《てんぱく》神として祀っているのが、奥三河《おくみかわ》の人々だ。そして、『ヤマト側は天白神を「悪い神」としようとしたが、三河びとの心に映っていた天白神＝瀬織津姫は、断じて「悪い神」ではなかった、ということになる。この養蚕の神を、東北（＝遠野）では「オシラサマ（お白様）」というのである』――とね」

「やはり『白』で、天白神にも繋がってくるというわけですね」

「そうだ。天白は『天博』『天縛』などとも書かれる神だ。山の神、あるいは天狗などといわれ、こちらの神も正体不明とされている。民俗学者の堀田吉雄《ほったよしお》は、山の神の性格に、陰陽道《おんみようどう》の太白神、つまり星神《ほしがみ》的な性格が被さって合成されたのが天白神ではないかと言っている。また、沢史生《さわしせい》は、

『北辰《ほくしん》の天一・太一《たいいつ》に対して、宵の明星・明けの明星である金星（天白・太白）が神格化したものであろう』

といっている。ちなみにこの『太一』に関して言うと、志摩《しま》国一の宮の『伊雑宮《いざわのみや》』で行われる御田植祭《おたうえまつり》でも『太一』の星神を奉祭するんだが、これは不動の星の北極星《ほつきよくせい》を表しているのだといわれている」

「それに対しての太白……金星ですね」

「時の朝廷が、最も忌《い》み嫌《きら》った不吉な星だ。陰陽道では『金神《こんじん》』『太白神』と呼んで方角の神とされ、昔は『鬼門』よりも恐れられた。この方角を犯す者は、家族七人を殺されるといわれた。もしも七人いなかった場合には、隣近所の人間が殺される」

「凄く執念深い神！」

いや。

それほどまでに恨みが深かったのか――。

「これを『金神七殺《しちせつ》』と呼んで、人々は非常に恐れたという。神々の中で、最も強い力を持っている大将神だ。ちなみに太一は、天帝の別名ともいわれているために、わが国では天照《あまてる》と考えられた。これが、時を経《へ》るうちに天照大神へと変容していった」

このあたりの話は、去年の伊勢で聞いたばかりだ。

一般には「天照」と「天照大神」を混同してしまっているけれど、実際は別々の神なんだと。

そしてそう考えることによって、初めて伊勢神宮の本質――本当の姿が見えてくるのだと……。

「でも」奈々は首を傾げた。「タタルさんのお話では、確か金星は瀬織津姫ではなくて――」

その通り、と崇は首肯する。

「素戔嗚尊だ。その証拠に、天白神の使神は雨蛙《あまがえる》だと伝えられている。雨蛙は『天の川衆《かわず》』――つまり河童だからな」

このあたりも、何度も聞いている。

素戔嗚尊も、天照大神も、猿田彦《さるたびこ》大神も、全員が「河童」の仲間だと。実際に、猿田彦大神を祀っている伊勢の二見興玉《ふたみおきたま》神社には、無数の蛙の置物が飾られていた。

「ですから」と奈々は、改めて尋ねる。「天白神は、瀬織津姫や天照大神ではなく、素戔嗚尊になりませんか？」

「同じだよ」崇はあっさりと答えた。「天照大神は素戔嗚尊の妻神なんだからね。そして瀬織津姫は、天照大神の荒魂——怨霊神とされているから。事実、大晦日《おおみそか》の夜から元旦《がんたん》にかけて京都・八坂神社で、正月用の斎火《いみび》をもらう『白朮祭《をけらさい》』という行事がある。この行事の中心である、邪気を払うという『をけら火』が『白朮火』と表記されるのは、白山信仰に通じていることは間違いないといわれている」

そういうことか。

民間信仰の中で、夫婦神は同一神と考えたということか。もしくは、天照と天照大神のように、長い時間の中で混同されてしまった。

神社でいう「合祀《ごうし》」のようなものだ。

しかしこれも、伊勢神宮のように多くの矛盾が噴出してしまっているならばともかく、民間信仰という中では、特に大きな問題ではないのだろう。

そんな話をすると崇は、

「白山神社以外で、菊理媛が祀られている主な神社は、猿田彦大神が祀られている猿《さる》田《だ》神社があるし、菊理媛と一緒に祀られている神の例としては、今の素戔嗚尊、事代《ことしろ》主神《ぬし》、賀茂別雷神《かもわけいかずち》、宇迦之御魂《うかのみたま》大神などなど、誰もが身内みたいなものだ」

などと言って笑った。

しかし、どちらにしても崇の言う通り大差はないのだろう。伊勢や熊野の神々に比べれば、遥かに理解しやすい。

「だが、そのために」と崇の顔が曇った。「やっかいな問題が生まれてしまった」

「それは？」

「さっき少しだけ話した『差別思想』だ」

「差別問題……ですか」

奈々は身を固くする。

といっても、素戔嗚尊や天照大神を語る上で、避けては通れない部分だ。今回の崇の話では、白山比咩神社を始めとする日本全国の白山神社も、多かれ少なかれこの問題に関わっているという。しかもそれに留まらず、崇はまた別の考えも持っているようなことを口にした――。

耳をすませる奈々に向かって、崇は口を開く。

「この『イタコ』の『イタ』は、『ハタ』とも『ヒダ』とも『エタ』とも通ずる語で、『秦』『飛驒《ひだ》』『穢多《えた》』という文字が宛《あ》てられた」

「秦って……」

「もちろん、天照大神や養蚕に通じる、秦氏だ」

崇は頬を緩《ゆる》ませる。

「朝廷によって散々搾取されてしまった氏族で、養蚕・機織りの神である天照大神とも大きな繋がりがある――と、俺は考えている。さて、この『イタ』が、信州の長吏、つまり非人たちの長の支配下で『居高』と書かれ、やがて『イタカ』という名称を持つ巫女たちが奥州へ『イタコ』として流れて行ったと考えられている。さて、そんな彼らが祀っていた白山比咩大神だが、前田速夫によれば、

『私の知るかぎり、被差別部落が白山神を祀っていることを最初に指摘したのは、柳田國男である。(出典は大正二年五月に発表された『所謂《いわゆる》特殊部落ノ種類』。今日の人権意識に照らすと不適切な表現があるが、歴史的な文献なので、用語は原文にしたがう)』として、

『白山権現モ古クハ此《この》(穢多非人《えたひにん》)類ノ特殊部落ヲ養ヒシカト思シク、其《その》配札ニ仮托スル者諸国ヲ巡業シ、白山相人ト称スル賤民《せんみん》各地ニ居住ス』と、柳田の文章を引いている」

「じゃあ、本当にその人たちが白山比咩大神を？」

「一般的には、江戸時代からといわれてる」

「そんなに最近の話なんですか？　素戔嗚尊や天照大神といわれると、もっと昔から

のように感じましたけれど」

「一般的には、と言ったろう」崇は苦笑した。「通説では関東の穢多頭《えたがしら》だった、矢野《やの》弾左衛門《だんざえもん》が嚆矢《こうし》とされている」

「弾左衛門――」

「弾左衛門は日本全国の被差別民に号令を下す権利を持った長吏頭で、その本拠地から『浅草弾左衛門』とも呼ばれ、明治維新まで十三代も続いたという。きみは、歌舞伎の『助六由縁江戸桜《すけろくゆかりのえどざくら》』を知っているね」

はい、と奈々は頷く。

「市川團十郎《いちかわだんじゅうろう》のお家芸で、十八番《おはこ》――いわゆる歌舞伎十八番の一つです。頭に巻いた江戸紫の鉢巻が、江戸っ子の大人気になったという」

「ここに登場する『髭の意休《ひげのいきゅう》』は、四代目の弾左衛門がモデルともいわれている」

「それほど、有名な人物だったんですね！」

「もちろんだ」崇は大きく頷いた。「前にも話したと思うが、歌舞伎や能を始めとする古典芸能には、そういった人たちが大勢関与していたからね。さて白山比咩大神だが――。ある日、弾左衛門の子供が重病を患って命が危うくなった。そこで、この白山比咩大神に必死に祈ったところ、全快した。弾左衛門はそれを喜んで、自分の邸内に白山権現を勧請《かんじょう》したため、全国各地の被差別民もそれに倣った――」

「ああ」と奈々は納得した。「そういうことだったんですか」

「――と言われているが『今戸《いまど》神社略記』によれば、この白山権現は、嘉吉《かきつ》元年（一四四一）に、千葉胤直《たねなお》が勧請したとある。つまり、被差別民と白山比咩大神との結びつきは、これが理由ではない。きみが言ったように、もっと昔からと考えて良い」

「じゃあ、どうして浅草弾左衛門？　誰もがイメージしやすかったからでしょうか」

「それには、もう一つ深い理由が隠されてるんだが、後回しにしておこう――。この話は、本質的には泰澄の頃まで戻らなくてはならないが、分かりやすい例を一つあげようか」

と言って崇は奈々を見た。

「白山比咩神社は、鎌倉時代になると源頼朝《みなもとのよりとも》などからも寄進を受けている。また、義経《よしつね》が都から奥州を目指した際には白山に詣でたといわれていて、『白山七社』の一つである金劔宮《きんけんぐう》の境内には『義経腰掛石』が置かれている。時間があったら、帰りにでも寄ってみよう」

「は、はい」

「しかし、そんな白山権現も、戦国時代の戦乱や一向一揆《いっき》の台頭によって衰退してしまう。だが江戸時代に入ると、加賀藩主となった前田利家の庇護《ひご》によって復興し、以来、前田家の祈願所となって隆盛を極めた」

いうわけですね」

「やはり、金沢だけでなく白山比咩神社も、利家のおかげで大きくなり存続できたと
納得した奈々に向かって、

「いや」と崇は首を横に振った。「事はそれほど単純じゃないんだ。天正二年（一五七四）に、織田信長《おだのぶなが》の勢力下に置かれた越前の人々が、一揆を企てる。この一揆は取りあえず収まったんだが、天正三年（一五七五）八月、信長の再度の越前侵入によって、一向一揆の総大将として越前を抑えていた下間頼照《しもつまらいしょう》共々、一揆勢は全滅してしまう。その際に利家は、一揆勢一千人を生け捕ると、磔刑《たっけい》にかけたり、釜《かま》に入れて煮殺すという残酷極まりない処刑を行ったという」

「え……」

奈々は驚く。

利家に関しては、今までそんなイメージを持っていなかったからだ。

しかし、やはり戦国武将。多かれ少なかれ、皆同じような人種だったのか。

「やがて文禄《ぶんろく》三年（一五九四）、金沢に本願寺御坊が再興されると、利家はこれに制札を与えて積極的に保護した。そのため、北陸の地は『真宗王国』と呼ばれ、また僧侶・信徒も利家に擦り寄った。一説では、浄土真宗がわが国最大の信徒数を擁すようになったのは、この時点から始まったともいわれるんだ。故に前田速夫は、こう言っ

てる。

『民衆を支配し、幕藩体制を維持するために採用した徳川幕府及び諸藩の宗教政策は、じっさい巧妙をきわめた。（中略）各家は例外なく寺院の檀家《だんか》に属し、また神社の氏子になることを義務づけられた結果、寺社は信仰の場であるよりも、むしろ役所になりさがってしまった。（中略）一部の篤信者を除く大部分の民衆は、彼らの属する寺や神社には法事や村祭り以外には訪れることなく、僧侶や神主の主な機能は葬儀屋、祭祀《さいし》者としてのそれであった』と」

まさにその通りかも知れない。

頷く奈々の隣で、崇は更に続けた。

「『明治維新後の宗教政策は、さらに罪が重い。近代天皇制を確立するため、国家神道は宗教ではなくて祭祀だと言いつくろい、神職の世襲は禁じられ、神官は官吏になった。おまけに神仏判然令と廃仏毀釈、さらには無茶な神社合祀によって、それまでなんとか持ちこたえてきた神域は、極度に混乱し、荒廃した』――とね」

一息ついて、崇は更に言う。

「つまり、当時の民衆の指導者層は、こぞって権力に擦り寄った。また権力者は権力者で、朝廷まで巻き込んで自分たちの地位を守ろうとした。それに宗教者も加わったために、権力に従わない者・朝廷に背く者・自分たちの宗派に靡《なび》かない者を差別するという、何重にも入り組んだ構造が出来上がってしまった。だからまさに、『関西の部落寺院に浄土真宗が多いのは、かかる経緯によるのであって、決して被差別民への理解が深かったからではない。悪名高き差別戒名《かいみょう》の存在も、それを証明する。（中略）埋葬に立ち会う「おんぼう」は、金沢御坊《ごぼう》の御坊が訛ったとの説もあるから、そうであればなおさら、彼ら被差別者の前身が本願寺や時の権力者から身分貶《へん》下《げ》された非転向者たちだったことがしのばれる』

ということだ。自分たちに従わない奴らは『人間』ではないという思想だな。ちなみに金沢御坊は、加賀一向一揆の拠点となった寺院だ」

「まさに、誰もが鬼や河童や土蜘蛛《つちぐも》ということですね……。その人たちが、白山を信仰していたわけですか」

「その点に関して、菊池山哉はこう言っている。被差別民であった『長吏』は、白山権現の最高職名にちなむから、彼らや修験者たちによって、各地の被差別部落に白山信仰が伝えられ、部落内に白山神勧請が起こったのではないか。そして、『なかでも被差別民は比較的純粋にその血を受け継いできているので、彼らは原住民の信仰したシラヤマ神の後身としての白山神を、今に祀っている』――のだという。そうなると、やはり先ほどの太一の天照大神や、太白の素戔嗚尊たちが絡んでくる」

やはり、江戸時代どころの話ではない。

遥か昔に端を発しているのではないか……。

と心の中で思っていると、

「きみは」崇が奈々を見て「『穢多』という言葉を目にしたことがあるだろう」

いきなり凄い質問を投げかけてくる。

もちろんあるが、当然の如く詳しくは知らない。そこで奈々が、

「ほんの少し……」

と答えると、崇は口を開いた。

「『エタ』という言葉が歴史上初めて登場したのは、鎌倉時代中期頃に成立した『塵袋《ちりぶくろ》』という書物の中だといわれている。それまで使われていた『俘囚《ふしゆう》——ふしゅう・エゾ・エビス』という言葉の代わりとして登場したと考えられている。『俘囚』に関してはまた後で説明しよう。そして、この『エタ』の語源の一つとして、源　順《みなもとのしたごう》の撰《せん》による『和名類聚抄《わみようるいじゆしよう》』の『屠児《とじ》』の項に『恵土利《えとり》——餌取《えとり》』とあるのがそれだとされている。これは、牛馬を殺してその肉を売る人たちのことだという。もちろん現代同様、古代では全く当たり前の業種だった」

「踏鞴《たたら》製鉄で使う鞴《ふいご》も、確か鹿《しか》の皮だっておっしゃっていましたよね」

「ああ、そうだ。そしてもっと昔では、卜占《ぼくせん》に使用していたのは、鹿の骨や亀の甲羅《こうら》だったんだからね」

「その通りです！」

「また『書紀』の神武天皇即位前紀には、こうある。東征に際して、神武が奈良県《ならけん》宇陀郡《うだぐん》に於《お》いて兄猾《えうかし》という人物を討った後、神武側に味方していた弟猾《おとうかし》は、『弟猾大きに牛酒《しし》を設けて、皇師《みいくさ》に労《ねぎら》へ饗《みあえ》す』――とね。この『牛酒』というのは、もちろん牛肉と酒だ」

「神武天皇が、牛肉を食べていた！」

「しかもその後で、天皇はその酒肉を兵士たちにも分け与えている。だが、それ以前から狩猟や漁獲は、ごく普通に行われていた。その最も有名な例が『海幸彦《さちひこ》・山幸彦』の話だ」

「確《たし》かに！」奈々は納得する。「浦島太郎伝説と、微妙に被っているお話ですね」

「且《か》つ、山幸彦は天皇家の祖先でもあるな――。そしてその『餌取』が、そのまま『エタ』となったという説もある。更にまた、今の『俘囚《えぞ》』は、平安時代中期以降で『エゾッタ』と呼ばれたため、これが『エタ』と変遷したのだとも言われている。少し変わったところで、菊池山哉は『有史以前、日本列島に現住していたウエッタ族のウエッタが、ウエッタ↓エッタ↓エタと転訛した結果、エタの呼称ができ』たのだといっている。この『ウエッタ族』つまり、ウィルタ族というのは、シベリアのツングース系の少数民族で、アイヌとも交流があった。そうなると、我々日本人の、原型と言っても良いかも知れないな。そもそも俺たちの祖先は、当時の朝廷に排除された、鬼や河童や国栖《くず》や塞鬼《さえき》や土蜘蛛であり、また蝦夷《えみし》や隼人《はやと》や熊襲《くまそ》といった原住民の血を引いていることは間違いないんだからね。そして、彼ら日本原住民が信奉していたシラカミ——白神から、白山信仰が導かれたというんだ」

「やはり、素戔嗚尊たちですね。でも、どうして『白神』？」

「素戔嗚尊が、新羅《しらぎ》と非常に親しかったから『しら——白』ということももちろんあるが、また別の説もある」

「そういうことなんですか……」

硬い表情で頷く奈々に、

しかし、と崇は続けた。

「このような『差別』が、朝廷に征服された人々の時代から始まっていたとすると、一般に考えられている以上に深遠な歴史を背後に抱えている話になる」

じゃあ、と奈々は再び同じ疑問を崇にぶつけた。

「それがどうして江戸時代の、浅草弾左衛門が嚆矢と言われるようになったんですか？」

「その理由を理解するためには『穢れ』について知らないといけないんだが」

崇は奈々を見た。

「きみは、その点に関しては？」

「え……」

奈々は小さく首を横に振った。

もちろん、その言葉も知っているが、それに関して深く考えたことはない。という
より、自分などが足を踏み込んではいけない領域なのだと思っていた。

しかし、今――。

崇は、その部分に正面から考察を入れようとしている。というより、この話はどこ
まで行くのだろう。

でも、こうなったら最後までつき合うしかない。

決意した奈々は、背すじを立てて答えた。

「ぜひ、教えてください」

《白い魔》

戦国時代の越中国《えっちゅうこく》に、佐々成政《さっさなりまさ》という武将がいた。若かりし頃は、織田信長の黒母衣衆《くろほろしゅう》として名を馳《は》せ、富山城主になってからは、治水事業に手腕を発揮して地元民から慕われていた。

そんな成政には、早百合姫《さゆりひめ》という愛妾《あいしょう》がいた。早百合はその名の通り美しく可憐《かれん》で、何事にも控《ひか》えめな女性だったため、成政は片時も側を離れたくないほど寵愛《ちょうあい》していた。

やがて成政は、秀吉《ひでよし》と停戦を結んだ家康《いえやす》の決心を翻《ひるがえ》すべく、厳冬の飛騨山脈・立山山系を越えて、決死の覚悟で浜松へ向かった。世に言う「さらさら越え」である。

しかし家康の翻意に失敗し、意気消沈して戻った成政を待ち受けていたのは「早百合、密通」という知らせだった。雪山で生死の間を彷徨ったあげく、目的も不首尾に終わって帰って来た成政はこの知らせに激昂《げきこう》した。

すぐさま、密通の相手とされた小姓は手打ち。

早百合の一族十八人は、ことごとく斬られ、早百合自身も、富山城址《じょうし》近く、神通川《じんずう》沿いの磯部《いそべ》堤に立つ一本榎《えのき》に吊された。

だがこれは、成政の余りの溺愛《できあい》ぶりに嫉妬した他の側室たちの讒言《ざんげん》だったのだ。しかし早百合は、一言の弁明もしなかった。ただ、

「もし、立山に黒百合の花が咲いたら、佐々家は滅ぶであろう」

とだけ言い残し、斬殺されて息絶えた。

それ以来地元の民は、この榎の周りをゆらゆらと歩く早百合の亡霊を、しばしば目にしたという――。

そもそも、二年前。

明智《あけち》光秀《みつひで》の謀叛《むほん》によって信長が本能寺《ほんのうじ》でその生涯を閉じた時から、成政の運命は、一気に暗転した。

破竹の勢いで台頭してきた秀吉とは全くそりが合わず、富山城を失い、しかし九州出兵に従ったことで、何とか肥後《ひご》国を与えられたが、成政の圧政によって一揆が起こってしまったため、秀吉に厳しく咎められ、天正《てんしょう》十六年（一五八八）、摂津の尼崎《あまがさき》に呼び出されて沙汰《さた》を待つことになった。

窮した成政は、当時、関西に於いては未知の花だった黒百合を、白山大汝峰《おおなんじ》から早飛脚を仕立てて運ばせる。秀吉の正室・北政所《きたのまんどころ》に献上してご機嫌を取り、秀吉に何

とか取りなしてもらうためだった。

成政の予想通り、その贈り物を非常に喜んだ北政所は、淀君《よどぎみ》を始めとした大坂城《おおさか》の女性たちを招いて茶会を催し、銀の花入れに活《い》けた黒百合を大いに自慢した。これで成政の策も、成功したかに見えた。

ところがその数日後。今度は北政所が、淀君の茶会に招かれる。

するとそこには、粗末《そまつ》な竹筒に大量の黒百合の花が、無造作に活け捨てられていた。北政所は、愕然とその光景を見る。

だがこれは、黒百合の出所を知った淀君が北政所を辱めようとして、わざわざ白山まで取りに行かせたものだったが、北政所は、成政が珍花と言って自分を謀《たばか》ったものと思い込んで激怒して、成政に頼まれていた秀吉への取りなしを止めてしまった。

その結果、成政には切腹の沙汰が下り、佐々家はここに滅びてしまう。成政、享年五十であったともいわれている。

無念の死を迎えさせられた早百合の呪いは、ここに完結したのである。『絵本太閤《たいこう》記《き》』には「是も先に成政が手に殺されし早百合といへる女の怨念にて、今度、黒百合の事より滅亡しけるやと、そぞろに怪しむ者も多かりけるとや」とある――。

そんな伝説を思い出して、大きな榎の前に白岡隆宏は立ち竦んでいた。

昼間の熱気は全く感じられないが、生暖かい風が吹き抜けて行く真夜中過ぎ。

黒沼家の庭の隅の、白い月光に照らされた榎の枝には、もう既に息はない百合の体が微かに揺れている――。

〝黒……百合……〟

隆宏はそのシルエットを、ただ慄然《りつぜん》と見つめるばかりだった。

＊

「奈良時代の律令の中に『神祇令《じんぎりよう》』というものがある」

崇は言った。

「これは、特に神祇信仰に基づいた公式の祭祀の令なんだが、その中に、神事に従事する者が祭祀の際にしてはいけないこととして散斎《あらいみ》――『六色《ろくじき》の禁忌』が定められている。それは、

一、喪を弔《とむら》うこと。
二、病を問うこと。
三、肉を食うこと。

四、罪人を決罰すること。
五、音楽を為《な》すこと。
六、穢悪《えお》に与《あず》かること。

という規定で、これを見れば既に当時から『穢れ』という意識が一般的にあったことが覗《うかが》える。実際に、先ほどの『記紀』でも、黄泉国で死穢《しえ》に触れてしまった伊弉諾尊が、禊ぎ祓えを行うことも、ごく当たり前のこととして受け止められていた。ところがこれが、時代を経るにつれて少しずつ変容して行くんだ。一番大きなきっかけとしては、天平《てんぴょう》七年（七三五）に唐から帰朝して興福寺《こうふくじ》に入った玄昉《げんぼう》が持ち帰り、天平期以降に流布した『陀羅尼集経《だらにじつきょう》』ではないかといわれている。というのも、そこには『烏樞沙摩解穢法《うすさまげえほう》』などの、穢れを祓う印や法が載っていたからだ。その他の教義の中にも、インドのヒンドゥー教をもとにした、死穢・血穢・産穢・肉食穢などの思考が強く混入されていた」

「神道より仏教の方が、穢れ云々と？」

「特に密教の影響が大きかった。あの宗教の呪法《じゆほう》は、とても激しかったからね。ただ一般的には、天武天皇から始まったのではないかと誤解されている。ある一面では、間違いとは言い切れないがね。というのも『書紀』天武天皇四年（六七五）四月の条に『牛・馬・犬・猿・鶏《にわとり》の肉を食べてはならぬ』とあるからなんだ」

「じゃあ、その通りなんじゃないですか？」

「しかし、その後に『以外《そのほか》は禁《いさめ》の例《かぎり》に在《あ》らず』――それ以外は禁制に触れない、と言っている。ということは、諏訪《すわ》の人々が通年そうしていたように、猪《いのしし》や鹿は捕獲して食しても全く構わないということだ」

「えっ」

「しかもこの禁制は、四月から九月の間だけだった。ということは、それ以外の期間であれば、牛や馬の肉を食べても罰せられなかった。つまりこの令は、穢れ云々ということではなく、農耕の障害になるからという意味だったと主張する人もいる」

「そういう理由だったんですね……」

「『書紀』をもう少し遡れば、皇極《こうぎょく》天皇元年（六四二）七月の条に、雨乞《あまご》いのために『牛馬《うしうま》を殺して、諸《もろもろ》の社《やしろ》の神を祭《いの》る』とある。当時の日本に、殺牛馬の信仰があったことを表しているし、死穢に限って言えば『三宝の奴《やっこ》』つまり『仏・法・僧の下僕』と自称した聖武天皇を始めとする歴代天皇たちは、その仏教の教えに倣って殺生を禁じた。しかし、これは『穢れ』云々というより、その主な目的は自らの仁愛を動物や鳥類にまで及ぼそうという、むしろ自分本位の考えからだった」

「じゃあ、古代は何の問題もなかったんですね。当たり前と言えば、当たり前ですけど……」

　頷く奈々に、崇は続ける。

「その後『穢』の文字が頻出し始めるのは、孝謙《こうけん》・称徳《しょうとく》天皇の頃からだ。『続日本紀《しょくにほんぎ》』によれば、孝謙天皇は重罪人を『穢奴等《きたなきやつこども》』と呼んでいる。また、きみも知っているだろうが、この女帝に関して一番有名な話は、寵愛していた弓削道鏡《ゆげのどうきょう》を皇位に即けようとした天皇の計画を、宇佐神宮の神託を告げることで阻《はば》んだ和気清麻呂《わけのきよまろ》が『別部穢麻呂《わけべのきたなまろ》』と改名させられた」

「つまり『穢』という文字は、天皇や朝廷に反逆心を持っていると見なされた者につけられたと？」

「さっき話した『俘囚』もそうだ。結局いつの時代も、殆どの国でも、戦いに勝った権力に対して最後まで頑強に抵抗した人間ほど、戦後は酷く貶《おとし》められる。アーリア人と熾烈《しれつ》な戦いを繰り広げた、インドのチャンダーラ——日本でいう旃陀羅《せんだら》もそうだ。アウトカーストとされてしまった」

「その一つの言葉が、どんどん拡大解釈されていってしまったんですね……」

　そうだ、と崇は首肯する。

「『記紀』では単に『死』との接触によって生まれる物だとされていた『穢れ』の対象が、朝廷への不服従や宗教的な悪へと広がった。それが、嵯峨《さが》天皇、淳和《じゅんな》天皇朝で、『触穢悪事応忌者』——穢悪に触れるにおいて忌に応ずる期間として、正式に細かく規定された。その他に『穢』という文字が見えるのは『続日本後紀』仁明《にんみよう》天皇の承和《じようわ》三年（八三六）九月の条だ。そこには、こう書かれてる。『今月九日宮中有穢』——今月九日に宮中に穢れがあり、その結果、神嘗祭《かんなめさい》の幣帛《へいはく》を奉献することができなくなったと伊勢神宮へ遣いを送った、という。この頃から、平安貴族社会における触穢思想は、ますます複雑怪奇・曖昧模糊《もこ》の様相を呈《てい》していくことになる」

奈々は嘆息する。

伊弉諾尊・伊弉冉尊の時代は、直接「死」に触れることによって、自分の身に「穢れ」が発生した。故にその穢れは、禊ぎ祓いをすることによって落とすことができた。しかし、今崇が言ったように、朝廷への反抗心や宗教の拒絶といった精神的な分野まで侵食してきてしまうと、手の打ちようがない。

身を清めようが何をしようが、服従や帰依以外にこの「穢れ」を落とす方法がなくなってしまう。何しろ目に見えない「穢れ」であり、それはあくまでも相手方の主観によるものだから、こちらとしては、どうしようもない——。

「その後も」崇は続けた。「清和《せいわ》天皇の側に仕えていた、空海の弟の真雅《しんが》が、仏教の戒律の重要性を、天皇を始めとする宮廷の貴族たちに吹き込んだ。そこで更に、穢れの思想が蔓延《まんえん》した。そうなると、戒律や規定に従わないというだけで、その人間は

『穢れ』ていることになる。だから、ますます『穢れ』ている人々が量産された。この時代は、農民のことを『公民《おおみたから》』と呼んだ。これは『大御宝《おおみたから》』で、貴族たちに租税を納めてくれる人々のことだ。そして当然、それ以外の民衆は『人』ではなかった」

「『人』としてカウントされなかった、ということですね」

「そうだ。というのも、農民は土地に縛りつけられているため、そこに行けば必ず租税を徴収できる。一方、旅から旅を続ける非定住民は、いつどこにいるかも分からず、徴収することが非常に難しい。また、飢饉《ききん》や災害で何人死亡という記述も実に怪しくて、この人数には、余りの苛斂誅求《かれんちゅうきゅう》——厳しい取り立てで、その土地から逃げ出してしまった人間の数も含まれている。つまり、租税を徴収できない人間は『死人』と同じというわけだ」

酷い話だ。

しかし奈々は、このような話を崇から何回も聞かされているので、昔ほどは驚かなくなっていた。現実にあった、ということくらいは想像できる。何しろ、当の貴族たちでさえも、厳しい差別の中に身を置いていたのだ。

基本的に、従五位以上が「殿上人《てんじょうびと》」で、その中でも従三位《じゅさんみ》以上は「上達部《かんだちめ》」。それ以外の、正六位以下の貴族は「地下《じげ》」と呼ばれ、貴族社会での「人」ではなかった。それだから、貴族誰もが従五位以上の「人」になろうと、日々猟官に明け暮れていたのだ。そうであれば、そんな官位にすら無関係な一般人――奈々たちのような民衆――は、どういう位置にいたのか想像に難くない。

「一方で、産鉄業に従事していた人々は、ある程度は定住していたが、こちらはこちらで朝廷の言うことを聞かない。そこで、何度も『退治』されたりしたが、なかなか『人』にはならなかった」

「やはり、朝廷から『穢れ』ているとされていたのは、タタラ関係の人たちが多かったんでしょうか」

「産鉄民の蔑称が『一つ目小僧』『河童』『山童《やまわろ》』『ダイダラボッチ』など、たくさん今に伝わることを考えれば、彼らが大きなウェイトを占めていたと考えられるが、もちろんその他にも大勢いた」

「その他というと？」

「このあたりは、江戸時代まで続いていく話になる。たとえば、中世からのそういった非定住者が、どのような職業の人々だったのかといえば――」

と言うと崇は、指を折りながら言う。

「さっき言った、長吏。皮革を生業とする集団。盲人一般の座頭《ざとう》。盲目の雑芸人の辻《つじ》日暗《ひぐらし》。舞を舞ってみせる舞舞《まいまい》。能楽の元である猿楽。陰陽師や日知《ひじ》り。壁塗。土偶師。鋳物《いもじ》師。土器《かわらけ》師。猿廻《さるまわ》しの猿曳《さるひき》。曲芸を見せる放下《ほうか》師。弓弦《ゆづる》売りの弦召《つるめそ》。官許を受けることなく出家した私度僧《しどそう》。半僧半俗の鉢叩き。歩き巫女。遊女。傀儡師。獅子舞。また、半定住していたが被差別民として扱われた人々は、石切《いしきり》。笠縫《かさぬい》。渡守《わたしもり》。山守《やまもり》。関守《せきもり》。などなど、その他にも大勢いた」

「ということは！」奈々は目を見張る。「貴族と定住農民以外の、ほぼ全員じゃないですか。いえ、むしろそちらの人数の方が多いかも」

「また、酷い誤解からそのまま被差別対象になってしまった職業もある。藍染《あいぞ》めだ」

「衣料を染める仕事の人たちが？」

そうだ、と崇は頷いた。

「『和訓栞《わくんのしおり》』にも書かれているが、藍染め業を賤しむのは陀羅尼集経の中に『藍染屋《あいぞめ》とは往来する事を得ず』と書かれているからだという」

「何故ですか？」

「古代のインドでは、藍色を作る際に多くの虫を殺して、その汁で衣類を染めていた。故に、殺生戒《かい》に触れるという理由だ。しかし日本の藍染めは、タデ科の藍《あい》を用いていたため、何ら殺生戒に触れていなかった。しかし、この経文があったために、その理由を問うことすらせずに賤民と見なされ、苛酷《かこく》な仕事に就かされたりもした」

「酷すぎます」奈々は思わず憤った。「差別そのものが許されないのに、経典だけを理由にそんな不条理なことを……。でも、そんなことをしていたら、やっぱり日本全国殆どの人たちが被差別民になっていたんじゃないんですか？」

「だが、差別はなくならなかった」

「どうして？」

「今度は、被差別民同士での差別が始まったからだ」

「えっ」

「きみは、『山椒太夫《さんしょうだゆう》』の話を知っているだろう」

「いわゆる『安寿《あんじゅ》と厨子王《ずしおう》』ですよね」奈々は頷いた。「讒言によって流されてしまった父を、安寿と厨子王が母と共に訪ねて行く話です」

「そうだ。そしてその途中で、人買いに捕らえられて母親は佐渡へ、姉弟は山椒太夫に売り渡されてしまう。そこで二人は、酷い暴力を伴う苛酷な労働に就かされた。やがて姉の安寿姫は、弟の厨子王と共に逃げた後、自分は沼に身を投げてしまう——。そして、その冷酷な山椒太夫こそ『散所太夫《さんじょ》』なのだという」

「散所？」

「『本所』に対して、散在してあった所——つまり、賤民視された人々が集まり住んでいた場所だ。同じように『別所』もあったが、散所は別所の発展した所だという説もある。そこでは、賤民なりの階級が作られ、買われてきた人間は、奴隷同然にこき使われた」

「ああ……」

「だがこれは、当時の朝廷の政策でもあった」

「政策？」

「弾左衛門たちの江戸時代もそうだったように、賤民に賤民を取り締まらせた。あるいは、穢多と非人たちを、わざと喧嘩させたりもした」

「それは、何故？」

「そうすることによって、彼らが団結することを不可能にし、一揆――クーデターを未然に防ぐことができるからだ」

なるほど、そういうわけか！

鬼で鬼を退治するという、嫌らしい手段。

桃太郎や、大江山の酒呑童子《しゆてんどうじ》の騙し討ちと同じ手法が、ここでも使われたということだ……。

「ただ念のために言っておくと、江戸時代関連でよくいわれる『士農工商』という言葉は、決して身分制度を表しているものではない」

「え？　でも私は、そう教わりましたけど――」

「この言葉は、中国では紀元前から使われていて、単に職業の種類を表していた。日本では、世阿弥《ぜあみ》作ともいわれる能の『善知鳥《うとう》』の詞章に『士農工商の家』として初めて出てくる。つまりこれは、室町時代には既に認知されていた言葉だ」

「そうだったんですね！」

「ただ、これをもっと正確にいえば、わが国では『農』は『百姓』になるだろうな。中国で『百姓』というのは、普通に『一般庶民』を指す言葉として使われていたようだから」

なるほど。

つまり、この言葉は、身分がどうのこうのという話ではなかったのだ。ごく普通に「医師、歯科医師、薬剤師」というようなものだった。

こうやって、時代と共に言葉の意味は簡単に変遷してしまう。そこに何らかの悪意があったにしても、なかったにしても——。

「職業関連でいえば」と崇は更に続けた。「舞舞や猿楽、あるいは遊行女婦《うかれめ》などと非常に関係が深いんだが、白拍子《しらびょうし》という女性たちがいる」

「源義経の愛妾だった、静御前《しずかごぜん》たちですね」

「そうだ。白拍子の白は、アクセントのない平板な拍子とか、『素《しろ》』で、管絃《かんげん》の伴奏なしで歌うことを意味していた。それが転じて、白拍子で歌舞する者、つまり烏帽《えぼ》子《し》・水干《すいかん》姿で男装して舞う遊女を指すようになったのだという」

そういえば。

以前に祟からこんな話を聞いた。

なぜ、賤民である白拍子が、宮中へ上がれたのか？

それは彼女たちが「人」ではなかったから。

一般の人間は、もちろん昇殿などできないが、彼女たちは存在すら認められていなかった。ゆえに、そこには「誰もいない」と考えられたのだ——と。

「これに関して前田速夫は、

『元は民間芸能だったこの白拍子は、平清盛《たいらのきよもり》や義経が愛好し、後鳥羽院《ごとばいん》の例があるように、宮中へも入った。「平家物語」に見える祇王《ぎおう》・祇女《ぎじょ》、仏御前や、「義経記《ぎけいき》」の静御前が有名で、なかでも仏御前は白山麓の現小松市原町の出身と言われているから、そうした伝承を創作し広めたのは白山信仰の宣布者だった可能性もある。』——

と書いている」

「白山信仰！」

いきなり話が戻った。

被差別民であった白拍子も、ここで白山比咩神社と関わっていた。

そうなると、やはり先ほどの奈々の疑問だ。

どうして被差別部落と白山信仰の関係が、弾左衛門、つまり江戸時代から始まったことになったのか？

最低でも鎌倉、いや、こうして平安時代まで遡れるではないか？

それを尋ねると崇は、

「菊池山哉の唱えた『被差別部落古代起源説』は、全く認められなかった。というのは、そういった被差別部落が発生したのは身分制を強化した江戸幕藩体制の結果であって、それ以前に地方に存在していたとしても、それは単なる例外だと主張する人々が多かったからだ」

「でも！　今のタタルさんの話だと、現実は全く違うじゃないですか。なのに、どうしてそんな説が？」

「実に単純な話だ」

と崇は苦笑した。

「今まで話してきたように、被差別部落の古代起源を一つずつ検証していくと、結局は『天皇と、被差別部落』『天皇と、異民族・渡来人』という、わが国の二大タブーに踏み込まざるを得なくなるからね」

「あ……」

思いがけないその言葉に絶句する奈々に、崇は言った。

「だから前田速夫は、こう書いている。

『人権尊重と民主主義の建前が最優先する今日、たとえ学問の世界であっても、それに抵触する恐れがあるからだ。（中略）ひとり山哉がこの問題を真正面から論じたことを、私は高く評価するし、彼が唱えた仮説の中身についても、おおむねは同意する』——のだと」

「…………」

思わず俯いて沈黙してしまった奈々に、崇は視線を投げかけた。

「これが、ずっと誰もがタブーと称して、歴史的検証を避けてきた理由だ。そして『穢れ』や『穢多非人』の根本的な事実だ」

「……そうなんですね」

しかし、と崇は嗤《わら》った。

「長い間続いていた部落差別なども、朝廷の人間から見れば所詮《しょせん》、鬼が河童を差別している、というレベルの話だったろうな」

「江戸幕府の政策によって、穢多の人が非人を差別したように……」

「俺たちの祖先は、誰もが『穢れた鬼』だったんだからね。俺たちも同類だ。平家が全盛の時に『平氏にあらずんば、人にあらず』と公言して不遜《ふそん》だという批判を浴びたが、朝廷の貴族たちは、それより何百年も前から、自分たち以外は『人』ではないと言い続けていた。その論によれば、俺たちは鬼や河童や土蜘蛛だ」

その通りだ。

奈々は、崇の隣で眉根を寄せる。
心がざわめいて落ち着かない。
今までこの問題に、きちんと向き合っていなかったからか。
穢れ、穢多、非人、賤民、差別——。
そして、時の権力者に阿諛《あゆ》した人々。
最も酷いのは、阿諛したその彼らだ。
彼らが権力に媚びへつらったために、更に新たな差別が生まれてしまった。
しかし彼らも、そうしなければ生きて行かれなかったのかも知れない。
平和な時代に生きている奈々たちには、彼らを責める権利はない。
だが、どうしてこんなことになってしまったのだろう。
自分たちは、一体これから何をどうすれば良いのだろう。
取りあえず歴史をきちんと把握しなくては。
奈々は思う——。
まだ、今回の旅は始まったばかりだけれど、
この地を訪れて良かった。
白山比咩大神の鎮座されている土地を。
きっとこれも、それこそ何かの運命だったのか……。

窓の外を眺めていた奈々の目に、駅のホームが映った。

奈々たちは荷物をまとめて、降りる用意をする。ここからタクシーに乗り換えて、沙織のマンションに向かうのだ。


沙織たちのマンションは、金沢市街の南西、西金沢にある。

新婚一年四ヵ月。奈々も今まで何度も誘われていたが、去年は崇や小松崎たちと京都へ行ったり、沙織は沙織で仕事をどうするかなどと忙しかったようなので、お互いにうまく時間が取れず今日まで来てしまった。

「新築なんだよ」

と言っていた沙織の言葉通り、綺麗なタイル張りで十階建ての立派なマンションだった。リゾート地のように素敵なエントランスで沙織の部屋を呼び出すと、

「お姉ちゃん！」という声が響いた。「早く来て」

その声に、奈々の胸が騒ぐ。ドキドキしながらエレヴェータに乗って沙織の部屋まで行くと、すでに沙織はドアを開けて外で待っていてくれた。

「こっち、こっち。タタルさんも早く！」

今にも泣きそうな顔で二人を迎え入れると、大した挨拶をする暇もなく、沙織は奈々たちをソファに腰掛けさせて、冷たい麦茶を用意したが、

「タタルさんは、ビールが良かった？」

と尋ねて崇が頷くと、すぐに缶ビールを持って来た。まさか、今から飲まないだろうと奈々は思ったが、崇はすぐにプルタブを開けてグラスに注いだ。

「とにかく大変なのよ！」沙織は奈々たちの前に腰を下ろした。「余りに突然だから、パニック」

と言って、事件の説明を始めた。

今朝早く、手取川の下流で男性の首なし死体が発見された。その男性は、川の上流で首を落とされたらしい。その話で金沢市内まで大騒ぎになっている。

「その現場と思われる場所の近くで」沙織はゴクリと息を呑む。「うちの旦那のお兄さんが、意識不明で倒れていたの。そして、現在入院中」

「どういうこと？」

「しかも、男二人がその近辺で喧嘩をしているという通報もあったんだって」

「お兄さんと被害者が、喧嘩をしていたということ？」

「分からないよ！」

「大体、旦那さん——隆宏さんのお兄さんと、殺されたその人」

「日影さんっていう人」

「その日影さんとは、何か関係あるの？」

「二人とも、地元の鶴来の名士なの。お互いに古い家だから、たまに揉めたりすることもあったかも知れないけど、基本的にはとっても尊敬し合ってたって、旦那が言ってた。特に白岡の家の方が、日影家を大尊敬していたみたい」

「――鶴来か」

それまで黙ってグラスを傾けていた崇が反応した。

しかし、何を言うのかと思えば、

「白山比咩神社の地元の土地だ」などと遠くを見る。「特に金劔宮は興味があると、さっき奈々くんにも話していたところだ。何しろ大山咋《おおやまくい》神などを祀っている本殿の他に、境内には金刀比羅《ことひら》宮、乙劔社《おとつるぎしゃ》、粟島《あわしま》神社――」

「隆宏さんは？」

崇の言葉を無視して尋ねる奈々に、沙織は答える。

「出張先から、お兄さんが入院してる病院に寄って、その後石川県警に。さっき連絡があって、県警に到着したって」

「あなたは、どうするの？」

「県警に行こうと思ってる。でも旦那からは、心配ないからお姉さんたちと一緒に金沢を見物していていいって言われた」

「そういうわけにはいかないわ！　こんな時に、私たちだけのんびりと」

と言って奈々は崇を見たが、この男は美味しそうに昼からビールのグラスを傾けていた。しかも、もう殆ど入っていない。きっとお代わりをもらうに違いないと思っていると、沙織が気を利かせてもう一缶持って来た。

「だから私も」沙織は崇にビールを手渡しながら言う。「これから県警に行こうと思ってるの」

「大変な時に来ちゃったみたいね」

「ゴメンね、本当に！」

「ううん」奈々は大きく首を横に振る。「だって、あなたのせいじゃないから。それで……その後、事件はどうなってるの？」

「うん」

と頷いて沙織は、今現在分かっていることを伝えた。その話を聞けば——。

随分、陰惨な事件だ。

だが、

「どうして、わざわざ首を落としたのかしら」奈々は顔をしかめる。「どういう理由があったの？」

「警察も、そこが分からないみたいだよ」

「まさか、オシラ様でもないでしょうし」

奈々の言葉に、

「オシラ様？」沙織が反応した。「昔、お姉ちゃんと遠野に行った時、チラリと聞いたような聞かなかったような……」

姉妹揃って、同じようなことを言う。

「うん」

と言って奈々は、先ほど崇から聞いた話を、かいつまんで伝えた。東北地方に伝わる白山信仰をもとにした信仰で、ある女性と恋に落ちた野馬が首を刎《は》ねられて——。

「ちょっと！」沙織は叫ぶ。「それじゃないの」

「何が？」

「だって、殺された日影さんには、婚約者がいたらしいよ。その女性は、自宅の庭で首を吊って亡くなっちゃったって」

「本当なの？」

「さっき、ニュースで流れてた」

それが事実なら、確かに状況は似ている。

そして、オシラ様のパターンであるとするならば、この事件の犯人は、自分の娘に近づいてきた男を憎んだ娘の父親——。

「すぐに県警に行って来る！　旦那や刑事さんに教えてあげなくちゃっ」

沙織は腰を浮かせたが、

「どうかな……」崇は冷静に口を開いた。「素人が余計な口出しをしても、現場が混乱するだけだ」

「でも、そのオシラ様と殆ど同じじゃない。遺体を川に流したのだって、ひょっとすると手取川を天の川に見立てたのかも」

「えっ」

予想もしていなかった発想に驚く奈々の隣で、崇が言った。

「肝心なところが違う」

「どこが？」

「オシラ様で首を刎ねられたのは『どこの馬の骨か分からない』ような野馬だった。しかし今回は、身元がはっきり分かっているどころか、むしろ立派な名家の主人なんだろう」

「そういわれれば……そうだけど。でも、その話をしてみる」

「いくら俺たちが、同じ歴史の上に生きているからといって、現実の事件と歴史を無理にリンクさせて考えるのは、余り良いことじゃないな」

「そんなこと言ったたって！」沙織は食ってかかる。「いつもタタルさんは、事件と歴史を絡めて、それで解決してきたじゃない」

「俺が解決したわけじゃない。解決したのは、あくまでも警察だ」崇は、グラス片手に肩を竦めた。「では沙織くんに訊くが、オシラ様は良いとしても、どうしてそこに、きみの旦那さんのお兄さんが加わっているんだ？　登場人物が多い」

「それは……たまたま通りかかったのかも」

「男が二人喧嘩していると通報したのは、誰？」

「……分からない」沙織は顔を曇らせた。「分からないけど！　でも、とにかく県警に行って来るよ」

「私も一緒に行くわ」奈々は言った。「あなたが大変な目に遭ってるのに、のんびり金沢見物なんてできそうもないから」

「ありがとう」沙織は弱々しく微笑んだ。「本当は、一人じゃ心細かったんだ。こっちだと、知ってる人も殆どいないし」

「今は、私がいる」

「じゃあ、タタルさんも来てね！」

呼びかける沙織に、

「ああ」

崇にしては珍しく、すぐ同意したと思ったら、

「金沢市内だからな」とグラスを傾けた。「やはり金沢神社、尾山《おやま》神社、そして久保《くぼ》

市乙剱宮《いちおとつるぎぐう》――」

「そうじゃないでしょ！」沙織は頬を膨《ふく》らませる。「私たちと一緒に行くのっ」

「どこへ？」

「タタルさんは、黙ってお姉ちゃんと一緒に行動すればいいの！」

「また、随分と乱暴な意見――」

「お姉ちゃん、ゴメンね。この埋め合わせは必ずするから、つき合って」

「気にしなくていいのよ」

と答えて奈々は尋ねる。

「それで――。私の荷物はここに置かせてもらうとして、タタルさんはどこに泊まるの？」

「実は……」沙織は上目遣いで二人を見た。「ゲストルーム、取りそこなった」

「え？」

「何だかんだと忙しくて昨日まで忘れてたら、予約が一杯になっちゃったの」

「どうするの？　今からホテルなんて取れないでしょう」

だから、と沙織は上目遣いで奈々と崇を見た。

「タタルさんは、お姉ちゃんと一緒の部屋で寝てもらう」

「えっ」

「万が一、旦那も帰ってくるかも知れないから、私の部屋は無理。だからゴメンなさいっ」沙織は両手を合わせて拝んだ。「いいでしょ、タタルさん！」

「俺は別に構わないが、奈々くんは——」

「い、いえ、その……」

奈々は、目を瞬《しばたた》かせた。

ええと……お化粧その他は沙織の部屋かバスルームですませれば良いし、去年の京都のこともあったから、念のためにパジャマもお気に入りの一枚を持って来ているから、その点は問題ないけれど——。

「じゃあ、二人とも荷物はこのままで」沙織は立ち上がった。「行こう！」

その言葉に崇はグラスのビールを空けて立ち上がり、奈々も、

「え、ええ」

と二人の後に続いたが——。

またしても、胸がドキドキし始めていた。

《白い姫》

奈々たち三人はマンションを飛び出すとタクシーを拾い、沙織が「石川県警までお願いします」と告げた。

実は、マンションの下までのエレヴェータの中で「お昼はどうする?」という話になったのだが、こんな状況でのんびり昼食でもないし、崇はもともと昼は殆ど食べない。だから、直接向かおうということになったのである。

タクシーは市内に入ると真っ直《ます》ぐに金沢駅を目指し、やがて県警に到着した。

沙織は受付に走り、参考人でやって来ている白岡隆宏の妻だと告げた。そして隆宏と、捜査一課の担当の刑事に、この事件に関してお話ししたいことがあると訴えると「しばらくお待ちください」と言われた。

やがて奈々たち三人は捜査一課に呼ばれ、談話室のような部屋に通された。そこは、テレビなどで良く見る取調室をもう一回り大きくしたような空間で、小さな机の代わりに、テーブルとソファが用意されており、隆宏と担当の男性刑事二人が待っていた。

「隆宏さん！」

沙織が叫んで駆け寄ると、隆宏も不安げな視線を返して硬い表情のまま微笑んだ。

奈々は崇と一緒に沙織の結婚式で会って以来だったが、言うまでもなくその時の印象とは大違いで、逞《たくま》しいスポーツマンのように陽に焼けた顔も、今日は酷くやつれて見えた。

若い刑事を除く全員でソファに腰を下ろすと、沙織は二人の刑事に、奈々たちを紹介する。すると四十歳くらいの刑事は「警部補の的場」、入り口のドア近くに立ったままの若い刑事は「巡査部長の猿橋」だと名乗った。

「それで！」沙織が勢い込んで尋ねる。「どんな状況なんですかっ。もちろん隆宏さんは、全く無関係でしょう！」

「そうですね」的場は、ゆっくりと答える。「旦那さんは、特に何も関わりあっておられないようですが、お兄さまの喬雄さんは、今のところ何とも言えませんね。まだ昏睡《こんすい》状態のため、話を伺える程度に回復されたら、すぐ病院から報《しら》せが来る手筈《てはず》になっていますので、隆宏さんと一緒に待機しているという状況です」

「容態はどうなの？」

尋ねる沙織に隆宏は、

「少しずつ良くはなっているらしい」と頷いた。「もうしばらくすれば意識が戻るのではないかと、さっき連絡が入った」

「良かった」沙織は溜め息をついた。「もう私、本当に心配で心配で。今日、たまたま姉たちが来てくれていたからまだ良かったけど、これが一人だったりしたら大変だったよ。一体誰に相談して良いのかも分からなかったし、だからといって――」

「それで」と的場は沙織の言葉を、冷静に遮った。「この事件に関するお話があると伺ったんですが、どんなことでしょう」

「あっ。そうなんです！」

「何か気づいたのか、沙織？」

身を乗り出す隆宏や、的場たちに向かって沙織は大きく頷く。

そして先ほど奈々たちと交わした話――今回の事件は「オシラ様伝説」と、似たようなシチュエーションなのではないか、と告げた。

男が首を落とされて殺され、彼と婚約していた女性は庭の木で首を吊って自殺する。ちなみに「オシラ様伝説」での犯人は……。

「それは分かりましたが」的場は、脱力したように尋ねる。「他に何か？」

「いいえ」沙織は否定する。「これだけですけど」

すると的場と猿橋は、脱力したように顔を見合わせた。

「それが、我々に伝えたかったお話ですか？」

「はい」

「その話をするために、ここまで？」

「だってこれならば、日影さんが首を切られた理由も分かるし、それに犯人も――」

「申し訳ないですが」猿橋も呆れ顔で沙織を見た。「その話は、全く無関係でしょうね。男性が首を落とされたという件と、女性が首を吊ったという事実が重なっているだけで」

「じゃあ……」沙織は眉根を寄せた。「どうして日影さんは、あんな殺され方をしたんですか。その理由は？」

その点に関しては、と的場たちは顔を見合わせる。

「まだ判明してはいませんが、まさか酔狂で人間の首を落とすなどということは考えられませんから、おそらくは、激しい恨みでもあったんだろうと思われます」

「確かに」と猿橋も言う。「黒沼百合さんのお父さまは、この婚約に関して余り良い顔をされていなかったようです。だからといって、とてもあのようなことをするとは考えられない。第一、きちんと当日のアリバイがあります」

「え？」

「町内会の会合に出ておられましてね。その後、みなさんでカラオケに」

「そうなんですか……」

ちなみに、と的場が言った。

「隆宏さんのお話によりますと、お兄さんの喬雄さんには、あんなことをする動機が全くない。お二人の婚約を誰よりも喜んでおられたようですし、被害者の日影さんを非常に尊敬なさっていたという。我々も、念のために周囲の方の証言を取りましたが、やはり間違いないようで、喧嘩どころか言い争いの一つも見たことがないと。ですからその点はご憂慮なく。あとは、ご本人の意識が戻られたら、当日のアリバイを確認するだけです」

「良かった……」

「しかし」と猿橋が小さく笑った。「隆宏さんご本人には、アリバイがないようで」

「ええっ」

「出張で、一人だったから」隆宏が弱々しく言った。「徹夜で仕事をして、その頃は車で移動中だったんだ。どこかホテルを取って、次の仕事まで寝ようと思った時に、刑事さんからぼくの携帯に連絡が入った。それであわてて仕事をキャンセルして病院へ行き、そしてここへ」

それで顔がやつれていたのか。

こんな事件に巻き込まれた上に、寝ていないから。

奈々が納得していると、猿橋は言う。

「ということで、我々は非常に忙しいので、奥さんたちはここらへんで、一旦お引き取りを」

「そんな！」沙織は叫んだ。そして奈々を、崇を見た。「タタルさん、何か言ってよ！」

「タタル？」

怪訝そうな顔をする三人に、沙織は崇を改めて紹介する。

今まで何度も、警視庁やその他県警の刑事たちと共に、事件を解決してきた男性で、特に警視庁の岩築《がんちく》警部や、その甥《おい》っ子のフリージャーナリストとも、とても親しく——。

「きみは、探偵なのかね？」

じろりと睨《にら》む的場に向かって、

「いいえ」と崇は首を横に振る。「薬剤師です」

「薬剤師さん？　それがどうしてまた」

「奇縁です」

ボサボサの髪のまま肩を竦める崇を見て、

「ご本人も、良くお分かりにならないということですか」と的場は笑うと、奈々たちに言った。「では、そろそろみなさん、この辺で。病院から連絡がありましたら、またその時にでも」

「そんなこと言ったって！」

訴える沙織に猿橋が、やれやれという顔で告げた。

「我々としましても、問題が山積していますしね。しかも、新しい情報がないんです。だから、奥さんたちのお話に期待していたんですが――。とにかく、日影氏に対してあんなことをするような動機を持っていた人間を探さなくてはならないんです。非常に強い怨恨でしょうからね」

「やっぱり、恨みであんなことを？」

そういうことでしょう、と的場が答えた。

「あらゆる理由を考えてみたんですが、どれもがこの状況に合致しない。かといって、犯人のその場の思いつきという可能性も非常に低い。その時たまたま、斧《おの》のような物を携えていたとは考えられないですからね。だからやはり、怨恨の線が非常に強いでしょう」

「では、そういうわけで」猿橋が腕時計に目を落としながら言った。「旦那さんには、もう少しここにいていただきますが、奥様たちはどうかお引き取りください。一刻も早く解決したいもので」

「でも……」

沙織が口を尖《とが》らせると、

「そう考えていらっしゃるならば」崇が唐突に口を開いた。「逆じゃないですか」

えっ。

奈々は驚いたが、やはり全員が同じだったようで、的場や猿橋たちも、きつい表情で崇を見つめた。

「逆？」猿橋が尋ねる。「何が逆だって」

「被害者に恨みを抱いていそうな人間を探して、無駄な時間を費やしてしまうのではないかと危惧《きぐ》しただけです」

「無駄な時間とは、どういう意味だ」

「どういう意味だと訊かれても」崇は答える。「そのままです」

「何だと！」

勢い込む猿橋を手で制して、

「では念のために訊くが、きみ――桑原くんは、我々は何から手をつけるべきだと言うんだね？」

「もちろん」と崇は的場を見た。「白です」

「白？」

「白山比咩大神の『白』です」

一瞬、部屋の空気が固まり、的場たちの視線が崇を射る。

奈々は思わず目をつぶると、体を硬くして俯いた。

困った——。

しかし、崇は平然と続ける。

「今回の事件は、おそらく白山比咩大神と『白』を押さえなくては、解決しないでしょうね。これだけ全ての事象に関して『白』が関与していれば」

「はあ？」猿橋が素《す》っ頓狂《とんきょう》な声を上げた。「きみは一体、何を言っているんだ。どうしてまた、そんないいかげんなことを——」

崇はその言葉を無視して尋ねた。

「刑事さんは、この事件の特筆すべきポイントは何だとお考えですか？」

「言うまでもない。斬首だ！　犯人が、わざわざ被害者の首を落としたことだ。しかも死後に」

「死後？」

「先ほど監察医から連絡が入った」的場が言った。「確定ではないが、被害者の首は死後に落とされた可能性が非常に高いとね」

「どういうこと！」沙織が叫ぶ。「おかしいよ、それ」

「そういうわけで」的場は、沙織を一瞥《いちべつ》すると言った。「我々は、ますます混乱しているというわけなんですよ」

しかし「なるほど」と崇は納得したように頷いた。

「それで更に、話が単純になりましたね」

「な、何を言っている――」

今にも飛びかかりそうな猿橋を再び制すると、

「それならば」的場は尋ねる。「桑原くんの考えている特筆すべきポイントというのは、何かね」

はい、と崇は答えた。

「もちろん、川です」

「川？」

「この事件の話を聞いて、俺が最初に奇妙だと感じたのは、日影さんの首を切り落とした犯人が、何故その遺体を手取川に投げ込んだのかという点でした。常識的に考えたら、面倒な重い遺体などその場に放棄するか、もしも本気で隠したいのであれば、それこそ手間をかけてでも、人の通わない山奥にでも埋めるでしょうから」

確かにそうだ。

実際に、男が二人喧嘩しているようだという通報が、県警に入ったという。万が

一、それが今回の事件と関係なかったとしても、事実そうやって誰かに目撃されてしまう可能性がある。
そんな危険を冒してまで、遺体を引きずり、川に投げ込んだ理由は何だ……。

「ではきみは、その点に関してどう考えている？」

尋ねる的場に、崇は言った。

「先ほど、こちらの彼女には話したんですが」と言って奈々をチラリと見る。「『白』は、日本人にとって非常に特別な色なんです」

そして車中での会話を、全員に向かって簡単に伝えた。

日本ではもともと「白」は忌《い》むべき色であり、古代では「赤」「黒」と並んで「白不浄」と呼ばれるものがあった。またそれは「オシラ様」の「シラ」でもあり、そのまま白山比咩大神に通ずる——。

「やっぱり、オシラ様じゃない！」

と叫んだ沙織の向こうで、

「また、それか」猿橋が、あからさまに嫌な顔をした。「だから、その話はもう——」

しかし崇は、

「『白』は、わが国の古典にも多く登場します」

その言葉が全く耳に入らなかったかのように、続けた。

「まず『伊勢物語』第六段が有名ですね。一般に『鬼一口』といわれている場面だ。在原業平《ありわらのなりひら》と思われる男が、藤原高子《ふじわらのたかいこ》を連れ出して逃げたが、その途中で鬼が、高子を一口に食べてしまったという話です。その時に業平――と思われる男は、こんな歌を詠んでいます。

白玉かなにぞと人の問ひし時
　露とこたへて消えなましものを

川のほとりの草の上に載った露を高子が見て、あれは白玉ですか、何なのですかと尋ねられた時、露ですよと答えて、その露のように消えてしまっていれば良かった、と。ちなみにこの『白玉』というのは、現在の真珠のことです。俺はある博物館で、当時の真珠を見ましたが、まさに『白玉』でした――。あるいは『万葉集』に収載されている、かの有名な、

　春過ぎて夏来《きた》るらし白栲《しろたえ》の
衣乾《ほ》したり天《あま》の香具山《かぐやま》

という、持統《じとう》天皇の歌などもあります。ちなみに、この歌に関してはさまざまな解釈がなされていますが、今はその内容には触れません——。ただ、このように『白』は古《いにしえ》の日本人にとって非常に身近な色であり、かつ畏《おそ》れ多《おお》い色彩だった」

「……きみは、何を……」

ポカン、と口を開けてしまった猿橋に代わって、

「『白』の話は分かった」

まだ、かろうじて冷静を保《たも》っている的場が言った。

「しかし残念ながら私には、その『白』と今回の事件との接点を、何一つ見いだせないんだがね」

「警部補さんは」崇は的場を見る。「奥三河《おくみかわ》に行かれたことがありますか」

「奥三河だと？」今度は、さすがの的場も目を白黒させた。「いや、ないが……それが何か？」

「奥三河には『花祭《はなまつり》』と呼ばれる、古風な神楽があります。かの折口信夫《おりくちしのぶ》が、沖縄と並んで最も熱心に調査していた祭り——民俗学的行事です」

だから！　と猿橋は叫ぶ。

「それとこれとが、どこで——」

「現在は神楽のみになっているようですが、安政《あんせい》二年（一八五五）の文書によると、

当時は『白山《しらやま》』と称する行事があったことが分かっています」

「え？」

「この行事の概要を説明しますと――」

と言って崇は口を開いた。

「まず、会場の傍《かたわ》らには小川が一筋流れています。そしてその小川には、白い布で覆われた幅七十センチばかりの板の橋が架けられています。というのも、この小川は三途《さんず》の川《かわ》に見立てられ、白い橋は『無明の橋』とされているからです。その橋を渡ると、そこには白い紙によって造り上げられ、念の入ったことに床には白色の木綿が敷き詰められた方形の建物が用意されています。この方形の建物は『白山』と呼ばれていて、一説では、あの世を想像して作られていたといわれています」

「ずいぶんとまた白一色だが……あの世だと？」

「そうです。というのもこの祭りでは『白山』の中へ、還暦を迎えた人々や、数え年で厄年の人々、あるいは恢復《かいふく》の見込みがないと判断された重病人が入る決まりになっていたからです」

崇の言葉に奈々は、ゴクリと息を呑んでしまった。

還暦……厄年……重病人？

「彼らは、白い衣装に白の手甲《てっこう》、白い脚絆《きゃはん》に白足袋を履き、竹の皮の饅頭笠《まんじゅうがさ》をかぶって手には杖《つえ》を持つという、典型的な経帷子《きようかたびら》――つまり、死装束《しにしようぞく》です。但し、厄年の人間の装束は微妙に違っていますが、細かい点は、今は置いておきましょう」

もう充分に細かいではないか、と思ったのはおそらく奈々だけではないだろうが……。誰もが口を閉ざしたまま、崇の話に耳を傾けていた。

「そんな『死出の旅』に発《た》つ人々は、僧侶から一人一人引導を渡され、南無阿弥陀仏《なむあみだぶつ》と、称名《しようみよう》を口にします。その後、一本箸《いつぽんばし》で飯を二口三口食べ、皆に別れを告げて三途の川――無明の橋を渡って、全員で『白山』に入ります。これは『白山入り』と呼ばれています」

「白山入り……」

そして、崇は続ける。

「彼らが一晩中籠《こ》もったその明け方、突如どこからか、赤・青・黄・白・黒色の鬼の面を被った、山見鬼《やまみおに》と呼ばれる鬼たちが現れ、鉞《まさかり》を手に『白山』を襲います」

「鉞だと！」

「もちろん、偽物です」崇は微笑んだ。「しかし鬼たちは、この『白山』を散々に破壊して、中に籠もっている人々を引っ張り出すと、もと来た場所へと連れ戻すんです。つまりこの『白山入り』という行事は、一種の擬死再生儀礼だったといわれています」

「擬死再生儀礼？」

「人が生まれ変わる、あるいは翌年の豊作を祈る予祝《よしゆく》の祭りです。天皇即位に伴って大嘗祭《だいじょうさい》が執り行われることはご存知でしょうが、その儀式の中核をなす秘儀中の秘儀である真床襲衾《まどこのおふすま》を、折口はこの『白山入り』と同一なのではないかと考えました。一種の白山信仰——白山比咩信仰です」

「大嘗祭も、白山信仰だと！」

「ある意味では、折口の言う通りでしょう。というのも『シラ』は古語で、人の誕生を意味する言葉であり、また、沖縄県の八重山《やえやま》諸島では、刈り取った稲を保管するために積み上げた稲積《いなづみ》のことを『シラ』と呼んでいます。更に南西諸島に行けば、産屋《うぶや》そのものを『シラ』と呼んでいたといいます」

「産屋というと」奈々は思わず口を開いた。「さっき、タタルさんが言っていた——」

そうだ、と崇は奈々を見た。

「三不浄の一つ、白不浄——お産だ」

「ああ……」

「柳田國男は、この『シラ』は稲霊や産屋を指し、誕生や再生と深い関わりがあると考えました。実にこれは、白山の本質を衝《つ》いていたのではないでしょうか。ちなみに彼は、この『白山入り』こそが、本来の白山信仰ではないかと言っています。余談ですが、歌舞伎『菅原伝授手習鑑《すがわらでんじゅてならいかがみ》』三段目の、桜丸《さくらまる》切腹の段で、桜丸の父親が七十歳、つまり古稀《こき》となったことを祝って、菅丞相《かんしょうじょう》が彼に送った名前も『白太夫《しらだゆう》』でした。昔の人にとってこの手の話は、常識の範疇《はんちゅう》だったんでしょう」

「……分かったよ」

ついに的場も、痺《しび》れを切らせた。

「白山が白山比咩信仰であり、再生儀礼だとしよう。また、確かに被害者の日影氏や喬雄氏の地元は、白山比咩神社鎮座の地だ。だからといってきみは、今回の事件が、その白山信仰と関係があるとでも言いたいのかね？　それと、初めに言っていた手取川も」

「まさに、その通りです」

断言する崇の言葉に的場と猿橋は、まるで変わった生き物を見るように見つめた。

だが崇は、それに気づいているのかいないのか、更に続ける。

「今回の事件で重要な位置を占めている、この『白』という文字を『字統』で引くと、こうあります。『白骨化した頭顱《とうろ》（頭・かしら）の形。風雨にさらされて白骨になったされこうべの形』と」

「されこうべ？」

「頭蓋骨です」

「そんなことは分かってる」的場は、吐き捨てた。「じゃあきみは、日影さんを襲った犯人は『白山』信仰のために、首を落としたとでも言いたいのかっ」

「そういえば」と崇はつけ足した。「日影さんの『日』も『影』も、両方とも『日』――『白』が入っていますね。ちなみに白岡さんの名前には――」

「そんなことは、どうでもいいんだよっ」猿橋は怒鳴った。「延々とくだらん講釈を垂れていたと思えば、それが結論か！　それこそ時間の無駄だったな」

それに、と的場も言った。

「今の君の話だと、論が全く逆になるんじゃないか。犯人は、そんな大切な『白』――頭部を切り落としてしまったことになる」

「まさにそれが、今回の事件の本質です」

「なんだと！」

的場が腰を浮かせて叫んだ時、ドアが激しくノックされ、一人の若い刑事が血相を変えて部屋に飛び込んで来た。

「警部補！」

「どうした？」

振り返って尋ねる的場に、刑事は大声で答えた。

「白岡氏の入院している病院から、連絡が入りましたっ」

おう、と的場は大きく頷く。

「喬雄さんの意識が戻ったか」

「はいっ」

その言葉に隆宏も腰を浮かせて、的場と目配せをした。

「じゃあ、すぐに向かおう」

立ち上がった的場と猿橋を見て、

「いえ！」と刑事は顔をこわばらせた。「意識が戻ったのは良いんですが、そのまま病院から逃走。失踪したもようです！」

「何だとお」猿橋は刑事に詰め寄る。「足取りはっ」

「病院からタクシーに乗り込んだようですが、そこから先は、まだ何とも——」

「隆宏さん」的場は隆宏を見た。「お兄さんが向かわれそうな場所に、心当たりはありませんか？」

「やはり自宅でしょうか……」隆宏は俯き加減で答えた。「他には、思いつきません」

その言葉に崇が、チラリと隆宏に視線をやったのを奈々は見た。

何か変なことを口にしたのか？

奈々は崇の表情に少し引っかかったが、

「すぐに現地の署に連絡を」刑事に告げる的場の声が響いた。「我々も、急ぎ鶴来に向かう。ご自宅ならば、隆宏さんもご一緒に」

「は、はい」

　と答える隆宏と一緒に、

「じゃあ、私たちも！」

　沙織が訴えた。しかし、

「いえ」と的場が強く首を横に振った。「ご遠慮ください。何が起こるか分かりませんし、もしもそうなった時に我々では、責任が取れませんので」

「大丈夫！　責任は自分で取りますっ」

「そういった問題ではないんですよ、奥さん。とにかくここは、どこか別の場所で報告を待っていてください。何か状況が動けば、すぐに旦那さんの方からでもご連絡を入れてもらいます」

「それがいいよ、沙織」隆宏も、硬い表情で同意した。「これからどうなるか分からないから。お姉さんたちと一緒に、マンションに戻っていてくれないか」

「でも……」

「ぼくの車を県警の駐車場に停めてある。だから、それに乗って」

　と言うと隆宏は、キーを取り出して沙織に手渡した。それでもためらっている沙織の横から、

「では、そうさせていただきます」崇があっさりと答えた。「俺たちは、一旦ここで」

「おう。そうしていただこう」

珍しく微笑んだ的場と、無表情の崇の顔を交互に見て、

「あの……タタルさんは、それでいいの？　部屋に戻るの」

「いや」崇は否定する。「白山比咩神社に行こうと思う」

「は？」

「そこで、県警からの報告を待っていよう」

「な、何を言って——」

沙織は絶句したが、隆宏の頰がピクリと反応したように奈々には感じられた。

それとも、気のせいか……。

「ねえ！　こんな時に、どうして神社なの」沙織は騒ぐ。「それに、そこならさっき行って来たって言ってたじゃない」

「一ヵ所、『白山比咩神社創祀之地《そうしのち》』を見逃してしまっていてね」崇は冷静に答えた。「それが、どうも心に引っかかってるんだ」

「は？」

啞然とする沙織の前で、

「よろしいのではないでしょうか」的場は同意した。「では、後ほど」

そう言い残すと、幾度か奈々たちを振り返る隆宏と共に、部屋を出て行った。

奈々たちは、沙織の運転する車で白山比咩神社へと向かう。

しかし、冷静に考えてみれば崇の言うとおりで、今現在、的場たちも白山比咩神社のある鶴来に向かっているわけだから、西金沢の沙織たちのマンションで待機しているよりも、いざという時には動きやすいのは確かだ。

崇は一瞬で、そこまで考えたのか。

それともただ単に、白山比咩神社にもう一度行きたかったのか——？

そこらへんは謎だ。

後部座席に座った奈々の隣で、じっと目を閉じて考え事をしている崇の横顔を眺めながら、そんなことを思っていると、

「それにしても」

沙織がハンドルを握りながら、憤懣《ふんまん》やるかたないような声を上げた。

「一体、何だっていうのよ！　せっかく、お姉ちゃんたちが遊びに来てくれたっていうのに、どうしてこんなことになっちゃってるの？」

「本当ね」奈々も嘆息する。「何がどうなっているのかしら」

「いくらお姉ちゃんが、巻き込まれ体質だからって」

「えっ。あなた何を――」

「ねえ」奈々の声を無視して、バックミラーを覗き込みながら沙織が尋ねる。「タタルさんは、分かったの？」

「いや」崇は目を開いた。「まだ分からない」

「だってさっき、単純な事件だとか言っていたじゃない」

「事件？」

「うちの旦那のお兄さんの失踪事件でしょ！」

「ああ、そっちか」

「そっちかって！」沙織はハンドルを叩いた。「他に何があるのよ」

いや、と崇は窓の外に視線を移す。

「菊理媛の件がね」

「くくりひめ？」

素っ頓狂な声を上げる沙織に向かって奈々は、

「じ、実はね――」

ごく簡単に、今までの経緯を伝えた。白山比咩神社の主祭神で、とても謎が多い女神で……。

「もう！」沙織は唇《くちびる》を尖らせる。「いつもそうなんだから――って、タタルさんじや仕方ないから諦めるけど」

「ごめんなさいね……」

　全く責任がないにもかかわらず奈々が謝ると、

「でもさ、お姉ちゃん」沙織は急に不安そうな声で言った。「家《うち》の旦那やお義兄さんが、本当にこの事件に関与してるのかな。どう思う？」

「そう……」

　奈々としても、隆宏や喬雄が関わっているとは思いたくない。しかし、この状況では無関係と考える方が無理だろう。だから、おそらく的場も隆宏を同行させたのだ。特別重要参考人として。

　しかも、喬雄が日影修平の殺害現場に居合わせた事実は動かしようがないし、むしろ犯人だった可能性も高い。何しろ、意識が戻ると同時に逃亡しているのだから。

　そんなことを沙織に告げると、

「そうかもね……」沙織も、諦めたように言った。「考えたら私、隆宏さんやお義兄さんのこと、まだ良く知らないし……」

「そんなことないでしょう！　実際こうやって、幸せに結婚したんだから」

「うん……」と沙織は弱々しく頷くと、話題を変えた。「でもさ、自殺した黒沼百合さんは、どう関係してるのかな」

「きっと、その場に駆けつけて来て、事件を目撃してしまったとか」

「それなら、すぐ警察に通報しない？」

「お義兄さんを庇《かば》った……」

「だって、喬雄さんはその場に倒れていたんでしょう。庇うも何も、どちらにしても警察に連絡するか、救急車を呼ぶかするよ」

確かに、と奈々も頷いた。

「携帯電話を持っていなかったとしても、近くに公衆電話があったんですものね」

「なのに……何もしないで自分の家に戻って、首を吊っちゃった」

不思議だ。

そもそも、どうして喬雄がその現場に倒れていたのかも分からない。一見、とても単純そうだが、細かい点に齟齬《そご》が多すぎる——。

奈々が悩んでいると、

「あれ」沙織が言った。「雨が降ってきた」

「あら、本当ね」

先ほどまでの真っ青な空を、突然黒い雲が覆い始め、ポツリポツリとフロントガラスに雨粒が落ちてくる。そんな、どことなく不穏な天気の中、奈々たちは白山比咩神社に到着した。

さすがにお腹が空いてしまった奈々と沙織は、一の鳥居前の茶店に入っておはぎを注文した。これで暫《しばら》くは、お腹が持つだろう。

一方、崇は「おはぎ？」と不思議そうな顔をして、地酒「手取川」を一合頼むと手酌《てじゃく》で飲む。きっと「米」代わりなのだろう、と奈々は好意的に解釈しておいた。

「あいにくのお天気ですねえ」お茶を二人分用意してくれながら、茶店の女性が言った。「これから、白山さんにお参りですか？」

「いえ」奈々が答える。「こちらの神社へは、今朝ほどお参りさせていただいたので、これから『創祀之地』を見に」

「創祀……ああ、舟岡山《ふなおか》の」女性は笑った。「でも、あそこは石碑が建っているだけですけどね」

「そうなんですか」

「それにしても」女性は空を見上げる。「こんな天気も、珍しいんですよ。あら、遠くで雷が鳴った。夕立が来るかも知れませんねえ。行かれるなら、急がれた方が」

その言葉で奈々たちは会計を済ませると、天気が崩れないうちにその場所をまわるべく、再び車に乗り込んだ。

するとその時、沙織の携帯が鳴った。隆宏からのようだ。急いで応答した沙織は、

顔を曇らせながら携帯を切り、

「お義兄さん、家に戻っていなかったって。だから、隆宏さん一人だけ家に残って、刑事さんたちは辺りを捜しに出たみたい。百合さんの家の近くで見かけたっていう話もあったようだから、鶴来に戻って来てることは間違いないんじゃないかって」

そう言うと、アクセルを踏み込んだ。

奈々たちは、舟岡山の入口で車を降りると、頼りなさそうな細い山道を登り始めた。標高差約七十メートル、徒歩十分と聞いて安心していたのだが、山道は細く険しく、しかも大きくうねりながら続いて、予想以上に大変な「登山」となってしまった。

だが、何とか頂上の開けた空間に辿り着くと、そこには鬱蒼と茂る木々に囲まれて「白山比咩神社創祀之地」と刻まれた縦に細長い白い石碑と、由来が刻まれた黒い石板があった。

この近くには、縄文時代の舟岡山遺跡や、前田利家家臣の高畠織部《たかばたけおりべ》という人物が入城した舟岡城址も残っているらしかったが、崇はその方面は全く興味を示さず、ただ石碑の周囲を見て歩き、石板に刻まれている由来を読んでいた。

そのうちに少しずつ雨も強くなってきたので、奈々たちは、大急ぎで車に戻る。

こんな場所で本降りにでもなられたら、下山が危険だ。実際に沙織は、山道を滑り落ちそうになって、必死に太い竹にしがみついた。そう言う奈々も、ぬかるんできた山道に何度も足元を取られた。

「それで」と沙織が雨滴を払いながら、ホッとしたように尋ねた。「次はどうします？　それとも、部屋に戻る？」

いや、と崇は答える。

「この近くで、もう少し待ってみよう」

待つ——ということは、やはり奈々の思った通り。

鶴来の近くにいて、連絡が入ったら即座に行動に移せるように待機しているというわけだ。そして、崇にしてみれば一石二鳥。

「しかし、雨も強くなってきているようだから」崇は窓の景色を見やった。「白山比咩神社の宝物館で、雨宿りでもさせてもらうとしようか。あそこには、国宝の両《りょう》鎬《しのぎ》造りの剣『吉光《よしみつ》』も展示されているらしいから」

「はい……」

複雑な表情で沙織は頷き、奈々たち三人は三度、白山比咩神社に向かった。

宝物館の閉館時刻は十六時となっていたから、まだ時間はある。

そわそわしている沙織や落ち着かない奈々たちを気にすることもなく、崇は展示室に飾られている白山比咩大神の描かれた掛け軸や、重要文化財の木造狛犬などを眺めていた。

その後ろから、奈々は思わず呟く。

「確かにここは、タタルさんのおっしゃるように白一色ですね。いえ、昔の日本は、本当に『白』は特別だったということが分かります。だから菊理媛の場面も、普通に『有中事――申す事有り』ではなくて『有白事』だったんでしょうね――」

その言葉に崇は、ビクリと立ち止まる。

そして、ゆっくりと奈々を振り返った。

「今……きみは、何と言った？」

「えっ」奈々は小首を傾げる。「菊理媛？」

「その後だよ」崇は大きく目を見開いた。「何だって……」

「有白事？」

答えると同時に、崇は両手で奈々の肩をつかんだ。

あっ、と驚く奈々から視線を外すと手を放して、

「そういう……ことか」

自分の頭を、髪が更にボサボサになるまで掻きむしった。そして思いきり深く嘆息する。

「ど、どうしたんですか……？」

心配になった奈々が尋ねると、

「ようやく分かった」正面から奈々を見つめて、崇はニッコリと微笑む。「そうだったんだ！」

「な、何が？」

「菊理媛だよ。菊理媛の言葉だ！」

「え……」さすがに奈々も驚いて尋ねる。「それは！」

「そのままだよ。いいか――」

と崇が言いかけた時、再び沙織の携帯が鳴った。沙織は、あわてて入り口まで走りながら、携帯を耳に当てる。続いて、

「ええっ」

という、沙織の大きな声が聞こえた。それを聞いた崇は、まるで予想していたかのように、

「行こう」

と言って、奈々を連れて沙織の元へと足早に移動する。電話が終わった沙織は、ブルブルと震えていた。そして、

「お義兄さんが、手取川沿いで目撃されたらしいけど」と沙織は奈々と崇を見た。

「職務質問しようとした警官を、川に突き落として逃げたって。だから今、指名手配になってる」

「ええっ」奈々も驚く。「どうして、またそんなこと――」

「分からないけど、とにかく刑事さんたちは手取川近辺に集まってるって。それで隆宏さんも、迎えに来たパトカーに乗って、手取川下流の現場近辺へと向かっているらしい」

「どうしましょう！」

「俺たちも行こう」

もちろん、と崇は言った。

沙織も大きく頷き、三人は駐車場へと戻った。

空はすっかり黒く厚い雲に覆われ、雨も激しく、雷鳴も近くなって来ている。手取川の水面にも、真っ白い飛沫《しぶき》が無数に上がっていることだろう。

沙織は思いきりエンジンキーを回し、三人を乗せた車は白山比咩神社駐車場を飛び出した。

＊

赤い警光灯を点滅させながら手取川下流へと飛ばす的場たちに、地元の警官から連絡が入った。

喬雄とおぼしき男性を先ほど発見し、雨の中を追跡中だという。喬雄はこの夕立の中を、傘も差さずに逃走しているらしかった。

「しかし」

と的場は、先ほど白岡家に寄って拾ってきた後部座席の隆宏を振り返った。

「喬雄さんは、黒沼家にも寄ったようですが、その理由に心当たりはありますか？」

「いいえ……」

首を横に振る隆宏を横目で眺め、的場は言う。

「病院からの話によれば、喬雄さんには百合さんが亡くなったことまでは伝えたそうですから、まさか百合さんに会いに行ったということはないでしょうし、かといって百合さんの御両親にお悔《く》やみの挨拶でもないでしょう。事実、黒沼家の扉を叩いてもいなかったようですのでね」

「また」と猿橋も首を捻る。「その近所に、どうしても行かなくてはならないような場所があったとも思えません。その点に関しては隆宏さん、いかがですか？」

隆宏が再び「いいえ、全く……」と答えた時、連絡が入った。

今度は監察医からの報告で、殺害された日影修平は、末期の膵臓癌《すいぞうがん》を患っていたことが判明したという。ステージⅣ、余命数ヵ月だったという。ここまで進行していると、周囲には隠しようもないので、おそらく黒沼百合や喬雄も知っていた可能性もある、ということだった。

「了解」

マイクを戻して的場は嘆息すると、

「まあ、とにかく」と腕を組んだ。「喬雄さんを確保して、色々とお尋ねしなくてはなりませんね。その時は、隆宏さんもよろしくお願いします」

「それは……もちろん」

隆宏が首肯すると、またしても連絡が入る。手取川下流の大橋で、喬雄を発見したらしい。

「それで」とマイクの向こうの刑事が言った。「我々が大橋のこちら側から追いまして、地元の警官に応援を頼み、向こう岸から挟み撃ちにしましたところ、喬雄氏は橋の中央で立ち止まり——」

「どうした！」

「現在、欄干を乗り越えまして、我々に向かってそれ以上近づくなと——」

そこまで聞くと、的場は猿橋に言った。

「急げっ」

猿橋は無言のまま頷くと、大きくアクセルを踏み込んだ。

稲光と雷鳴の中、的場たちはサーチライトとスポットライトの白い光が交差する大橋のたもとに到着した。的場は、レインコートを頭から被って車を飛び出すと、近くに立っていた警官に、

「おいっ。どんな状況だ！」

と声をかける。すると警官は、

「はいっ」と畏《かしこ》まって答えた。「未だ、発見されておりませんっ」

「発見だとお？」

詰め寄る的場の後方から、先に到着していた刑事が走り寄って来た。

「警部補っ」

「おう。状況は？」

それが——と刑事は、青い顔で答える。

「あの後すぐ、喬雄氏は我々を睨みつけまして」

「それでっ」

「飛び込みました」

「この川にか？」

「はい。そのため現在、捜索隊を動員しまして必死に捜しておるんですが、何しろこの雷雨で、手取川もかなり増水しておりまして、捜索は難航しておるようです」

何てことだ、と的場は歯がみした。

「手がかりも、何もなしか」

「ただ一言、おそらく隆宏さんに」

「何だと？」

その言葉に身を乗り出した三人に向かって、刑事は告げた。

「隆宏、城を守れ、い、い——と叫ばれてから、手取川へ」

「城を守れ？」的場は首を捻ると、隆宏を見た。「どういう意味ですか？」

いいえ、と隆宏は傘の下で何度も首を振った。

「全く……どういう意味か……」

「白岡の家を守れということかな——」

と的場が眉根を寄せた時、辺りが騒がしくなった。

何が起こったのかと見回すと、必死に制する警官の手を振り切って、的場たちに向かって走って来る女性の姿が見えた。

「沙織！」隆宏が、警官に向かって叫ぶ。「すみません、ぼくの妻です！」

えっ、と一瞬気を取られた警官の手をすり抜けて、

「隆宏さんっ」

沙織はびしょ濡れのまま、隆宏に抱きついて顔を見上げた。

「どうなっちゃったの！」

「あ、ああ……」

隆宏は、沙織の後ろからやって来た奈々と崇をチラチラと眺めながら、今起こっている状況を伝えた。

「嘘っ」沙織は真っ青な顔になって震えた。「お義兄さんが！　でも、どうしてそんなこと」

「やはり」と的場が静かに答えた。「この事件に、深く関与されておられたんでしょうな。そして、後のことを隆宏さんに託された」

奈々も傘の下で崇の手を強く握ってしまっていたが、そんな奈々に視線を落とすこともなく、崇が尋ねた。

「それはおそらく、喬雄さんがこの事件の犯人という意味でしょうが、その動機はお分かりになりましたか？」

「全く分からんね」猿橋が吐き出すように言った。「先ほど、日影氏が末期の膵臓癌だったことが判明したし、それを喬雄氏が知っていた可能性もあるとのことだった。そうなれば、喬雄氏が犯人だったとしても、殺害する動機が判然としない」

「唯一考えられるのは」的場がつけ足した。「実際にそういった例がいくつも見られるように、本人からの要請による殺害、あるいは自殺幇助《ほうじょ》だろうが」

なるほど、と崇は言って的場と猿橋を見た。

「残念ながら、全く違うと思います」

「何だと？」

睨みつけてくる的場と猿橋、そして、またしても体を硬くして縮こまる奈々、全員
に向かって崇は言った。

「今はっきりしました。全てに理屈が通っています」

「どこがだ！」猿橋が怒鳴る。「言ってみろ」

「今回は非常に興味深い事件でした。では、ご説明します」

「ちょっと待て」

的場が止めた。

「女性もいるのに、こんな雨の中で立ち話でもないだろう。現場の指揮は捜索隊に移っているから、我々は一旦県警に戻ろう。そこで報告を待ちながら、きみの話を聞こうじゃないか」

「承知しました。では、そのように」

と答えると、崇は奈々を連れてさっさと車に向かって歩きだし、沙織も隆宏と二言

三言言葉を交わして、崇たちを追った。

石川県警捜査一課に到着すると、全員で先ほどの部屋に入った。それぞれ雨滴を払い、若い刑事が用意してくれたお茶を飲むと、奈々もホッと一息つく。

「それで」と的場は、今度は自分の正面に腰を下ろしている崇に向かって早速尋ねた。「きみはこの事件に関して、どう合理的な説明がつけられると言うんだ。喬雄氏が犯人と考えた時の動機も含めて、話を聞かせてもらおうじゃないか」

はい、と崇は頷いた。

「今日、こちらの奈々くんと」と言って崇の右隣で体を硬くしてソファに腰を下ろしている奈々をチラリと見た。「獅子吼《ししく》高原へ行って来ました。爽やかで、とても良い場所でした」

「は？」

「そこのパークエリアで、獅子ワールド館を見学したんですが、これもまた素晴らしかった」

「きみは、一体何の話を――」

「以前から俺は、獅子頭というのは、もともと人間の首だったんではないかと思っていました。実際、昔の中国には、死者を祀るための『魌頭《きとう》』という、わが国の獅子頭に似た飾り物があったということですし」

「おいっ」

と怒鳴る猿橋を、的場は手で制して尋ねる。

「人間の首？」

「討ち取った、敵将の首です」

「なんだと」

「最も分かりやすい例が、鹿島神宮《かしまじんぐう》宝物殿に飾られている、悪路王《あくろおう》――アテルイをモデルにしたという首です。赤い顔に大きな目と鼻と口、がっしりとした顎《あご》。俺は一目見た時に、獅子頭そっくりだと思いました」

「あのね」猿橋は苛々《いらいら》と身を乗り出した。「そんな話は――」

しかし崇は、その言葉を無視して言う。

「さっきもお話ししたように、オシラ様にも『馬の首』を落とす話が出て来ますし、イタコが背負っている外法箱の中身も『頭蓋骨』『髑髏』という説がありました。そしてこれらは、どちらにしても『白』。つまり『されこうべ』だったわけです。もちろん『白』については、親指の爪が起源云々という説もありますが、結局は同じことで『髑髏』です。となれば当然『字統《じゆぎ》』にも書かれているように、『人の屍《しかばね》を架して、これを撃《う》つ呪儀を放というが、（中略）これも祭梟《さいきよう》（首祭り）

といわれる悪霊追放の呪儀を示す』――のが『白』であり『髑髏』になります」

「首祭りだと……」

「敵である異族を滅ぼして首長を捕らえた時に、その頭蓋骨を保存し、守護霊とする祭り――祀りです。この風習は『偉大な指導者であった者の頭顱《とうろ》や、あるいは強力な虜酋《りょしゅう》の首を、種々の方法で装飾し保存する』ゆえに、その人を『伯』というとありま
す。鹿島神宮のアテルイの首も、同様の意味を以て祀られているんでしょうね」

「つまり、尊敬に値する立派な人間の首ということか？」

あるいは、と崇はつけ加える。

「同時に、その人間を辱める方法でもありました。その場合は、酒杯や便器などにしたようです」

「杯や便器……？」

「たとえば織田信長は、自ら攻め滅ぼした浅井長政《あざいながまさ》や朝倉義景《あさくらよしかげ》のされこうべを髑髏杯にして酒を飲んだといいます。また徳川光圀《とくがわみつくに》も、失礼な振る舞いをして手打ちにした下男の髑髏杯を作ったという話が伝わっています。但し、わが国におけるこれらの例は、同時に必ず、相手に対する尊敬の念も籠められていたのではないかと俺は考えていますが」

「まさかきみは……」的場は、じっと崇を見た。「それが、今回の事件の……」

「斬首の理由です」

「バカなことを！」猿橋は引きつった顔で笑った。「全く現実的じゃないな。今時そんな理由で、わざわざ人を殺すというのか？　あり得ない」

「申し訳ありませんが」崇は冷静な顔で猿橋を見た。「今現在、日本各地で起こっている殺人事件の動機の方が、俺にしてみれば、とても到底現実的とは思えない。単なる愛欲や金銭的理由だけで、人を殺してしまうなど——。しかし、その話は置いておきましょう」

「だが」的場も顔をしかめる。「それこそ、ただ単に崇め祀るためだけに、人の首を落とすなんてな」

「この場合は、崇め祀るためだけではありません。そしてこれが、最初から引っかかっていた部分です」

「それは？」

「手取川です」

ああ、と的場は頷いた。

「そういえばきみは、そんなことも言っていたな。何故、遺体を川に流したのか、などと」

「手取川は、普通の川ではないんです」

と言うと崇は、昼間、奈々に言った手取川にまつわる「菊慈童」や「重陽の節句」、そして「菊」「菊理媛」の話をした。そしてそれが終わると、

「つまり」崇は言った。「手取川の水に触れることが、そのまま再生儀礼になるんです。しかも、場所は『白山《はくさん》』。奥三河の花祭における『白山《しらやま》』です」

「何だと」

「つまりこの事件は、全てが『白』――再生儀礼、復活の儀式だったんです。そういえば、花嫁衣装――白無垢もそうですね」

「白無垢か」

「現在では『あなたの色に染まる』ために『白』なのだという、まことしやかな都市伝説もありますが、全く違います。『白』は今言ったように死に装束。一度死んで、新たに生まれ変わりますという宣言ですから」

「そう……なのか」

　そうです、と崇は断言する。

「そして日影さんも、やがて『白い神』となって復活する」

「そんなバカな……」的場は、弱々しく苦笑すると頭を振った。「ありえない」

「どうあり得ないんですか？　喬雄さんは最後に隆宏さんに向かって『白を守れ』と言い残されたでしょう」

「白？　あれは『城』ではなく『白』だったというのか」

「当然、そうでしょうね。それを祀って守り続けろ、と。つまり喬雄さんの言いたかったのは――」

「ちょっと待て！」的場は手のひらを崇に向けて制した。「ついさっき、きみは『白』は『髑髏』のことだと言ったな」

「はい」

「つまり『白を守る』というのは――」

「そういうことでしょう」崇は頷いた。「切り落とした髑髏を守れ、という意味です」

「隆宏さん」的場は、さっきから俯いたままの隆宏を見た。「もしかしてあなたは、日影さんの頭部がどこにあるかを――」

しん、と部屋が静まりかえった。

「隆宏さんっ」

再び呼びかける的場の声に、

「沙織から」と隆宏は、ゆっくりと自嘲するように口を開いた。「桑原さんに関する話は聞いていました。だから、今回こちらに見えるということを聞いた時、嫌な予感がしたんです」

「隆宏さんっ」沙織が悲鳴を上げた。「だって！　だって――」

しかも、と隆宏は俯いたままで言う。

「事件に呼ばれたかのように、このタイミングで金沢にやって来られるなんて」

ああ、と崇は応えた。

「それは、こちらにいる奈々くんの体質です。あくまでも俺は、つき添いなので」

ええっ。

抗議の声を上げようと思った奈々より先に、

「そうですか」と隆宏は言うと、チラリと崇を見た。「でもあなたは、大橋にやって来た時点で、どことなくぼくを疑っていたようでしたが」

ええ、と崇は答える。

「あなたがこの事件の犯人などとは、もちろん思っていませんでしたが、ただ何らかの形で関与されているだろうとは確信していました」

「それは何故？」

「俺たちは、沙織くんの運転するあなたの車で移動していたんですが、ガソリンメーターに違和感があったので」

「ガソリンメーター？」

「隆宏さんが、夜を徹して車を運転していたというわりには、ガソリンの量がそれほど減っていなかったんです。まさか、事件を耳にしてからスタンドに寄って、のんびり給油したとは考えられなかったので、つまり出張というのは作り話だったのではないかと思っただけのことです」

「ああ……」

「そうだったの！」

泣きながら問い詰める沙織に、

「ゴメン」隆宏は、優しく微笑んだ。「ずっと、兄さんと一緒にいたんだ」

「何でよっ」

ぼくは、と隆宏は顔を上げると全員を見た。

「両親が亡くなってから、一回り年上の兄が、ずっと父親代わりでした。だからぼくは、今まで一度も兄の言葉に逆《さか》らうことができなかったし、今でもそうなんです」

「隆宏さん……」

「でも今回」隆宏は、意を決したように告げた。「全て、お話しします」

＊

涙雨——。
雷は収まったものの、まだ細かい夜の雨が、しとしと金沢の街を濡らしていた。

奈々たち三人が乗り込んだタクシーも、そんな重苦しい空気と沈黙を引きずりながら、沙織のマンションへと向かっていた。

結局、隆宏は県警に残り、本格的な事情聴取を受けることになった。

今現在、奈々たちが把握しているこの事件の概要は、こうだった。


日影修平から余命幾ばくもないと知らされ、しかも彼を非常に尊敬していた喬雄は、修平の希望通り、病魔に命を奪われる前に彼を殺害し、その後で首を落とした。

そして首を自分の車に積み込むと、初めから自宅に待機させていた隆宏に連絡した。

現場に呼ばれた隆宏は、その車を運転して戻り、喬雄の使用した鉈を綺麗に洗って物置の隅に放り込み、修平の首を裏山に埋めに行くことになっていた。

もちろん、首の白骨化を待つためだ。そしていずれ、きちんと飾って祀るのだ。

だが、実際にその首を目にした隆宏は、さすがに恐くなり、震えながら警察に電話を入れた。

「というと」的場が尋ねた。「現場付近で、男が喧嘩しているようだと通報したのは、あなただった？」

「はい」と隆宏は頷く。「実際に凄惨《せいさん》な場面を目にしてしまうと、非常に恐ろしくなって……。しかも悪鬼のような兄の顔を見て、むしろ警察に捕まえてもらった方が兄のためなのではないか、と」

隆宏は両手の中に顔を埋めて慟哭《どうこく》した——。

その後、隆宏は百合の携帯にも電話を入れたのだが、捕まらなかった。それも当然で、その時百合は、手取川の現場にいたのだった。おそらく修平が、最後の連絡を入れたのだと思われる。

だが、百合が現場に到着した時には、全てが終わっていたはずだ。

ここからは、想像の域を出ませんが——と、隆宏は言った。

おそらく、修平の遺体を手取川に流す場面を見て、百合と喬雄は揉めて喧嘩になり、かといって喬雄も本気で相手にすることもできず、百合に突き飛ばされて土手に頭を打ちつけて意識を失った。修平を失ってしまったという思いと、もしかして喬雄も殺害してしまったのではないかという思いで錯乱状態になった百合は、自宅に戻って首を吊ってしまった——。

「どうして、そう思われますか？」

的場の問いに、

「ぼくの携帯に、百合さんから短いメッセージが入っていまして」と隆宏は力なく微笑んだ。「それで、ぼくもあわてて百合さんの家に駆けつけたんですが、その時はもう既に遅く——」

百合の遺体が、榎の枝に揺れているだけだったという……。

無言のままタクシーを降りてマンションに入ると、沙織がもう我慢できないというように崇に尋ねた。

「ねえ、タタルさん！　隆宏さんは、どんな罪に問われちゃうの？」

エレヴェータに乗り込みながら、

「おそらく」と崇は答える。「殺人幇助ということはないが、証拠隠滅罪は確実だろう。しかし自白しているし、実の兄に強要されているということもあるから、少しは減刑されると思う。それに喬雄さん自身も、修平さんに頼まれたというからね」

「そう……」

と答えた沙織は、タクシーの中でじっと我慢していたのだろう、泣きながら奈々に抱きついてきた。奈々は、

「大丈夫よ、心配ないわ」

と抱えながら部屋のドアを開ける。崇も、

「もしもここで何かあっても、奈々くんはもちろん、俺も沙織くんの味方だ。あと、少々頼りない男だが、小松崎もいる。あいつも必ず、沙織くんの力になってくれる」

「ありがとう……」

沙織は、ぐしゃぐしゃの顔のまま微笑んだ。

部屋に入ると、沙織はソファにぐったりと倒れ込んでしまった。無理もない、まさかこんな展開になるとは想像もしていなかったのだろうから。

しかし沙織は奈々たちに気を遣って、

「お姉ちゃんたち、ゴメン。私はこのまま寝ちゃうから、二人でどこかで食事してきて。美味しいお店、いっぱいあるから」

などと言う。

しかし、まさかこの状況で、沙織一人を残して食事に出かけることなどできはしない。そこで、奈々は沙織を崇に任せて、近くにあるという総菜屋さんで、何か夕食を買い込んでくることにした。

奈々が、治部煮を始め「茶碗豆腐」や「べろべろ」や、崇の好きそうな「ホタルイカの沖漬け」などを買い込んで戻ると、すでに崇は冷やしてあった地酒を飲んでいた。そこで三人で、少し遅めの夕食を摂《と》る。

「今日だけはタタルさんの話を信じたくなかった」沙織は、ほんの少しだけ箸をつけながら言う。「でもきっと、これで良かったんだよね」

「そうね……きっと」

奈々は頷いた。

今回は沙織にとっても、かなり厳しい経験だったと思うが、多分長い目で見れば、崇の決断と取った行動は間違っていないはずだ。

「本当にゴメンね」沙織は、二人に謝った。「折角の金沢旅行が、こんなことになっちゃって」

「気にすることはない」崇は言う。「奈々くんと一緒にいれば、大概こんなもんだ」

「なっ――」

猛然と抗議しようとした奈々の前で、

「そうだよね」沙織も頷いた。「でも、許してね。せめて明日、またどこか回って帰って」

そう言うと沙織は「ゴメン。先に寝る」と言って立ち上がり、奈々に支えられながら寝室に入ってしまった。

「あっという間に、寝たみたい」

リビングに戻った奈々は、崇に告げた。

無理もないだろう。こんなことがあって眠れる方が、むしろ奇跡に近い。崇と二人で、少しだけ日本酒を飲んだことが良かったのかも知れない。

雨も上がったのだろう、静かになったリビングで向き合いながら奈々が箸を動かしていると、崇が何気なく言った。

「この地酒の『菊姫』という名称も、菊理媛からきているらしい」

そうだ。

「そういえば、タタルさん」奈々は尋ねる。「さっき、菊理媛に関しての謎が解けたようなことを、おっしゃっていませんでしたか？」

ああ、と崇はぐい呑みを傾けながら奈々を見る。

「ようやく分かった」

「本当ですか！」

「多分」

と答える崇のぐい呑みに、奈々が菊姫を注ぐ。

「ちなみに『字統』によれば」崇は言った。「『菊』の声符は『匊《きく》』で『すくう』という意味だ。だから『掬《きく》』の文字はそのまま、手に取ってすくうということになる。また『漢辞海』などを見ても『掬』は『両手ですくいあげる。掬飲《きくいん》：手にすくって飲む』とある。一方『理』は『おさめる。秩序立って安定したさま。すじ。道理。ことわり。使者。仲人』などとある」

ということは、と奈々は頷く。

「やはり『菊理媛』は、伊弉諾尊と伊弉冉尊との間を取り持って収めた仲人――」

「そこまでは間違いないとして、ではどうやって収めた?」

「えっ」奈々は首を捻った。「どうやって……と言われても」

「さっきも言ったように『菊理媛』は『潜《くぐ》り媛』として、伊弉諾尊に禊ぎ祓いを勧め、二人の間を取り持ったという意見もある。しかしこれでは、伊弉冉尊は放っておかれてしまう」

「確かにその通りです。では、どういったことを?」

「この点に関して折口信夫が『白事』を『もうす事』ではなく『しれこと』と読んだ、という話を思い出した」

「しれこと?」

「何らかの呪言《じゆげん》であろう、というんだ」

「何の呪言なんですか?」

「そこまでは書かれていない。だが、今まで言ってきたように『白』は確実に『頭蓋骨』であり、『白山』は再生儀礼で、『白不浄』は新たなる誕生。そして古代では『白事』は葬式を表していたという」

「葬式!」

「わが国を生んだ伊弉諾尊でさえ知らなかった、死と再生の儀式である『葬式』だ。そしてそれこそが」

崇はぐい呑みの菊姫を空けた。

「菊理媛が、伊弉諾尊・伊弉冉尊に向かって告げた言葉だったんだ。伊弉冉尊をきちんと黄泉国へと送り返すと同時に、再生儀礼としての葬式を行い、かつ、伊弉諾尊は禊ぎ祓いをして待つという」

「待つ……。彼女の復活を？」

そうだ、と崇は首肯した。

「そして、見事に復活した。大怨霊の女神・天照大神としてね」

奈々は一瞬、耳を疑ったが――。

いや、そう考えれば全ての論が通じる。

亡くなって怨霊と化した伊弉冉尊。

彼女に対して、再生儀礼としての「葬式」を勧めた菊理媛。

とすればやはり。

「菊理媛は、何者なんですか？」

「おそらく」崇は答える。「伊弉諾尊・伊弉冉尊以前に『白』の儀礼――呪法を知っていたことを考えると、やはり『新羅』関係の可能性が高いだろうな」

「新羅――白、ということですね」

「となれば、新羅に攻め立てられて日本にやって来た『高句麗姫』と思われる」

「ああ……」

そして、日本の神となったが、自国の滅亡と共に、あっという間にその姿を消してしまった。しかしやがて、天照大神の荒魂となって復活する。考えてみれば当然だ。これほどの力を持った神が、日本の歴史からあっさりと消滅してしまうわけもない。更に去年の伊勢で、奈々は崇から、天照大神は怨霊であると聞かされているから、この論に関して何も瑕疵《かし》はない……。

そういうことだったのか。

呆然と耳を傾けていた奈々に、もう一つ残されていた疑問が突然湧き上がった。伊勢といえば、例の話だ。

「あの」と奈々も菊姫を口にしながら尋ねる。「今朝の、白山比咩神社の本殿の、男千木の件も分かりましたか？」

すると崇はホタルイカをつまみ、ぐい呑みを傾けて答えた。

「分かった」

「それは！」

「天橋立《あまのはしだて》に鎮座している、丹後国一の宮の元伊勢《もといせ》籠《この》神社を知っているだろう」

「名前だけは」

「実は、あの神社も非常に不思議でね。これも以前にその理由を尋ねてみたんだが、結局は良く分からなかった」

「やはり、千木ですか？」

そうだ、と崇は答える。

「籠神社の主祭神は、彦火明《ひこほあかり》命で、饒速日《にぎはやひ》命、または賀茂《かも》別雷《わけいかずち》神ともいわれている。賀茂別雷は饒速日命の御子神《みこがみ》だと俺は考えているから、これはどちらでも良い。しかし、どちらにしても男神だ。しかし本殿の千木は内削ぎ、しかも屋根に乗っている鰹木《かつおぎ》も十本という偶数本なんだ」

「それって」奈々は驚く。「完全に、女神を祀る形式じゃないですか！」

「白山比咩神社と、全く逆のパターンだな。こういうことがあるから、男千木・女千木は祭神と無関係といわれてしまう」

「じゃあ、どうしてそうなっているんですか？」

「実は、籠神社の背後には、ここの神社の源、全てであると言っても過言ではない神社が鎮座している。眞名井《まない》神社だ。そして、こちらの社殿はきちんと、男千木になっている」

「男神――饒速日命を祀っている？　じゃあ、本殿には誰が祀られているんですか」

当然、と崇は言った。

「饒速日命の后神《きさき》である、天照大神か市杵《いちき》嶋姫《しまひめ》命だろうな。そして、そう考える理由は他にもあるが、また長くなってしまうので結論だけにしておこう」

「そうすると、やはり白山比咩神社も？」

「あの神社は、今朝も言ったように、籠神社・真名井神社と同様に、奥宮が主だ。あの社殿では、あくまでも白山から降りてこられた神を祀っている。つまり、同じパターンで、白山比咩大神は奥宮にいらっしゃるというわけだ」

「では、本殿には誰を？」

「登場する神は三柱。そのうち男神は、一柱しかいらっしゃらない。単純な引き算だ。当然、伊弉諾尊だろう」

「ああ……」

「籠神社もそうだったが、そんなことはどこにも一言も書かれていない。しかし、俺はそう思ってる。おそらく白山比咩神社も、同じだと考えて良いだろうな」

なるほど、と奈々は納得する。

物的証拠は何もないが、それが一番納得できる理論かも知れない。伊勢神宮もそうだったが、必ず理屈が通っているはずなのだ。昔人を軽く見てはいけない。こういった話で理屈が通らないと思える場合は、大抵我々が何かを見落としているのだ……。

奈々が、ぐい呑みを傾けていると。

「さて」と崇が言った。「そろそろ、寝るとしようか。すっかりこんな時間になった」

「は、はい。じゃあ……」

奈々があわててテーブルの上を片づけ始めると、

「……ううん……」

という、沙織の声が聞こえてきた。可哀想《かわいそう》に、うなされているのだ。すると、その声を耳にした崇が、

「今夜、きみは沙織くんの隣で寝てあげると良い」と言う。「俺は、こっちの部屋で一人で寝よう。寝酒も、まだ少し残っているし」

などと言う。

だが奈々も、できればそうしたいと思っていた。さっきから、沙織のことが気になって仕方ない。隆宏も戻って来ないだろうから、たまには懐かしく姉妹二人で寝るのも良いだろう。そこで、

「そうします」奈々は微笑んだ。「ここを片づけたら、私も寝ます」

「ああ」崇は立ち上がった。「じゃあ、お休み」

*

翌日。

奈々たちは、予定の飛行機を一本遅らせることにした。朝一番で県警から電話が入り、隆宏が今日中に戻って来ることや、やはり喬雄は助からなかったという連絡などを受けてバタバタしていたからだ。

沙織はすぐに県警に出かけ、奈々たちは金沢を後にして、再び小松空港へと向かった。その帰りのタクシーの中で事件の話を簡単に振り返った後、崇は言った。

「しかし今回は沙織くんにとってかなり厳しい結果になってしまったな」

「多分……こうなる運命だったんです」奈々は首を振る。「あの子だってそんなに弱くないし。それこそ『白山』の近くに住んでいるんだから、きっと蘇《よみがえ》ります」

「そうだと良いんだが」

「大丈夫ですよ」奈々は微笑む。「それより、タタルさんは良かったんですか？　予定通りまわりきれなくて」

「また、いつか来よう」

「そうですね。今回は、空港でお土産だけ買って帰りましょう」

「土産？」

「え、ええ」奈々は、軽く咳払《せきばら》いする。「そ、外嶋さんたちに。ええと私……我が儘を言って、む、無理矢理にお休みをいただいたので」

「じゃあ、そうしよう」崇は言う。「金沢は東京から見て北西。六白金星《ろっぱくきんせい》の方角だし、名産品を兼ねて金製品が良いんじゃないか。今回のテーマだった『白』は、陰陽五行説的にも『金』だから」

「そ、そうですよね！　私も、そう思っていました」

思わず声を上げてしまい、崇が不審そうな顔で覗き込んだので、奈々は窓の外に視線を移す。

東京に戻ったら、すぐ沙織に電話してあげよう。

新婚早々、大変なことになってしまったが、なんとか全力で支えてあげたい。我が儘でどうしようもない子だけど、何といってもたった一人の妹だ。

また――。

これこそ、単なる奈々の直感なのだが、沙織のお腹の中には子供がいるのではないか。沙織から言い出さなかったので、あえて触れなかったが、何となくそんな気がした。

でも、そんな話も何もかも全て、奈々は全力で支えてあげるつもりだ。それに、崇や小松崎も、きっと力を貸してくれる。そうすれば、白山の神のように、沙織自身も必ず生まれ変わることができる。

奈々は心の中で確信しながら、そっと崇の肩に寄り添った。

《エピローグ》

「愛宕白山《あたごびゃくさん》」という言葉がある。

これは、愛宕権現と白山権現の二つに呼びかける誓いの語で、「決して」「まったく」「必ず」と、強い断定の意味を表している。

そして私も今「愛宕白山」と祈る。

私利私欲の何もないことを、神に訴える。

唯一の心残りは彼女の自死だが、それもまた運命。

私は彼女のために祈りを捧《ささ》げに行ってきた。

おそらく彼女も「白い神」となる。

先ほどから突然、辺りには蕭然《しょうぜん》たる雨と雷鳴が轟《とどろ》き、手取川も近来になく波を打って下流へと流れている。

雷鳴は龍神の歓声。

雨は龍神の嬉し涙。

きっと神が呼んでいるのだ。

轟々《ごうごう》と音を立てて流れる手取川を見下ろす。私も「白い神」となれるだろうか。

「白岡」という名前には「白」と「山」が含まれている。幼い頃からずっとそう言われて育ってきたが、しかしこの状況で……。

いや、と私は頭を振って嫌な感触を振り払った。

きっとなれる。

何故ならば、ここは「白山」。

あらゆる望みを叶えてくれる「菊理媛」の地元だ。

そして眼下には、その「菊」の滴りを受けて流れる手取川。

この完璧な状況で、神になれないはずはない。

そう確信して、私は遥か遠い夜空に向かって跳躍した。

参考文献

『古事記』次田真幸全訳注／講談社
『日本書紀』坂本太郎・家永三郎・井上光貞・大野晋校注／岩波書店
『日本書紀　全現代語訳』宇治谷孟／講談社
『続日本紀』宇治谷孟／講談社
『続日本後紀』森田悌／講談社
『風土記』武田祐吉編／岩波書店
『万葉集』中西進／講談社
『伊勢物語』石田穣二訳注／角川書店
『日本史広辞典』日本史広辞典編集委員会編／山川出版社
『神道辭典』安津素彦・梅田義彦編集兼監修／神社新報社
『歴代天皇総覧』笠原英彦／中央公論新社
『日本架空伝承人名事典』大隅和雄・西郷信綱・阪下圭八・服部幸雄・廣末保・山本吉左右編／平凡社
『日本伝奇伝説大事典』乾克己・小池正胤・志村有弘・高橋貢・鳥越文蔵編／角川書店

『隠語大辞典』木村義之・小出美河子編／皓星社
『全国「別所」地名事典』柴田弘武／彩流社
『鬼の大事典』沢史生／彩流社
『特殊部落の研究』菊池山哉／批評社
『日本原住民と被差別部落』菊池山哉著・前田速夫編／河出書房新社
『部落の源流』高本力／三一書房
『白の民俗学へ』前田速夫／河出書房新社
『白山信仰の謎と被差別部落』前田速夫／河出書房新社
『異界歴程』前田速夫／河出書房新社
『入門　白山信仰』内海邦彦／批評社
『エミシの国の女神』菊池展明／風琳堂
『円空と瀬織津姫（下）』菊池展明／風琳堂
『謡曲百番』西野春雄校注／岩波書店
別冊歴史読本「歴史の中の聖地・悪所・被差別民　謎と真相」新人物往来社
「ガイド版　白山比咩神社」白山比咩神社
「白山比咩神社略史」白山比咩神社

QED
~ortus~

江戸の弥生《やよい》闇《やみ》

廻《まわ》れば大門《おおもん》の見返り柳いと長けれど
お歯ぐろ溝《どぶ》に燈火《ともしび》うつる
三階の騒ぎも手に取る如《ごと》く

『たけくらべ』樋口一葉《ひぐちいちょう》

目次

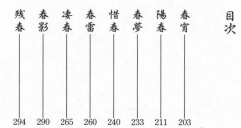

《春宵》

昭和六十年（一九八五）。

あともう少しで立春というのに、一年で一番寒い季節――。

若山紫《わかやまゆかり》は、風呂《ふろ》上がりのバスローブに着替えて、リビングに置かれた革張りのソファに深々と腰を下ろすと、厚い雑誌を手に取った。

紫くらいの年齢の女性であれば決して手が届かない、誰からも羨《うらや》ましがられるような豪華なマンションの一室。窓の外は雪がちらついているが、この部屋は春のように暖かい。隣の部屋では、大きなベッドが綺麗《きれい》に整えられ、幸せな夜の訪れを待っているかのようだった。

しかし――。

紫は軽く嘆息すると、誰からも綺麗だと賞賛される大きな目を憂鬱《ゆううつ》そうに細めて雑誌をめくった。そして、春に向けて流行《はや》りそうなファッションや、非日常的なリゾートホテルや、作り手の顔ばかりが表に出ているグルメのページを、軽く読み飛ばす。

最近は、どの雑誌を手に取っても、判で押したように似たような企画ばかり。さすがに食傷気味だ。果たしてこれで、読者の需要を満たしているのだろうか。それとも、誰もが紫と同じように、ただ暇でけだるい時間を潰《つぶ》すためだけに、こういった雑誌を手に取っているのか……。

それでも、何か一つくらい、紫の興味を惹《ひ》くような記事はないものかと思いながらページをめくっていたが。

ふと、今月の特集ページで手が止まった。

そこには、何枚も重ねた派手な着物に身を包み、大袈裟《おおげさ》な黒い高下駄《たかげた》を履き、綺麗に結い上げた黒髪に後光が差しているかのように鼈甲《べっこう》の簪《かんざし》や櫛《くし》を飾っている、若い女性の絵が載っていた。

江戸・吉原《よしわら》の遊女——花魁《おいらん》だ。

そして次のページには、歌舞伎《かぶき》などにしばしば登場する吉原のメインストリート、桜の花が咲き誇る派手できらびやかな仲之町《なかのちょう》の絵が描かれ、

「花よりも　心の散るは　仲之町」

という文字が大きく載っていた。何となくその句に惹かれた紫は、書かれている記

事を読み始めた。

「元和《げんな》三年（一六一七）に、幕府は江戸中に散在していた傾城屋《けいせいや》商売を禁じました。このまま際限なく、好き勝手に遊女屋を造られてしまっては、幕府の統制が利かなくなると考えたからです。そしてその後、現在の日本橋人形町《にほんばしにんぎょうちょう》の辺り、葺屋町《ふきやちょう》隣の土地に、幕府公認の遊郭の開設を許可しました。これが『元吉原《もとよしわら》』で、昔はこの近辺に葦《あし》がたくさん茂っていたため『葦原《あしわら》』と呼ばれていました。しかし『あし』は『悪し』に通じることから、縁起を担いで『葦』を『吉《よし》』と置き換えて『吉原』という名称になりました」

「つまり「するめ」を「あたりめ」と言い換えたり、「終わり」を「お開き」と呼んだりするのと同じ、よくある日本的なパターンだ。

それよりも、日本橋が葦原だったという話に驚いた。だが昔は、日比谷《ひびや》辺りでも海苔《のり》が採れたというのだから、納得できるか。

一人頷《うなず》いて、紫は更に記事を読む。

「明暦《めいれき》二年（一六五六）。幕府から吉原の妓楼《ぎろう》に対して、浅草・日本堤《にほんづつみ》への移転が命じられましたが、妓楼の主たちは大反対して、その計画は頓挫《とんざ》しかけました。しかし、そのわずか一年後に起こった、明暦三年（一六五七）の『明暦の大火』、いわゆる『振袖火事《ふりそでかじ》』によって、元吉原は跡形もなく焼失してしまったため、江戸幕府は復興計画の一環として、全ての妓楼を浅草、現在の吉原に移転させました。これが『新吉原』――一般に言う『吉原』です。当時、江戸の男女比は常に男性が多かった上に、更に参勤交代で諸大名の家臣が大勢やって来ました。そこで、この新吉原は大繁栄することとなったのです」

なるほど。

そういう理由で「吉原」ができて、しかも大勢の客で賑《にぎ》わったのか……。

紫が納得しながら次のページをめくると、艶《あで》やかな絵と共に、花魁についての記述があった。

「吉原の遊女たちの中でも特に格式の高かった花魁たちが、妓楼に上がる前に客が一服している揚屋《あげや》や引手《ひきて》茶屋まで、何人もの禿《かむろ》や新造《しんぞう》たちを引き連れて派手に迎えに行く練り歩きの花魁道中では、大勢の見物人で道が埋まり、喜多川歌麿《きたがわうたまろ》や菱川師宣《ひしかわもろのぶ》ら、一流の浮世絵師の題材にもなりました」

そういえば、この「花魁道中」を、地元の「祭り」として復活させようという計画があると、テレビのニュースで見た。その時は、華やかな衣装を身にまとった女性たちが、誇らしげに街を練り歩く映像が流れていた。

さらに、特集記事は続く。

「また、現在も残っている島田髷《しまだまげ》も、当時の花魁が結《ゆ》ったもので、江戸期に大流行した勝山《かつやま》髷という結い方も、勝山太夫《だゆう》が初めて結ったものでした。時代劇で普通に見られる『丸髷』は、この勝山髷からきているといわれています。こうした髪型を、江戸中の町娘たち誰もが真似をしました。ちなみに、この勝山太夫は、当時、吉原だけに留まらず『江戸の花』と称《たた》えられました」

この「太夫」という名称が、最高位の「花魁」であるとも書かれているから、それも当然だろう。

しかしその先には、

「その一方では、男女間での陰惨な事件も数多く発生しました」

とあった。

想像に難くないが、やはり吉原では遊女を巡ってさまざまな事件が起こっていたらしい。たとえば、

「吉原・角海老《かどえび》楼に『若紫《わかむらさき》』という遊女がいました。美貌《びぼう》・知性共に揃《そろ》った女性だったので、とても人気が高く、身請《みう》け話もたくさんあったのですが、彼女には心に誓った恋人がいたため、それらの申し出を全て断って、ただひたすら年季明けを待っていました。そんなある日、同じ妓楼の遊女と無理心中を試みようと乱入した男に、何の関係もなかったにもかかわらず、殺害されてしまいました。年季明けまで、あとわずか五日。享年二十二だったといいます」

何ということだ……。

紫は、眉《まゆ》を顰《ひそ》めながら食い入るように先を読む。

「また、吉原で起こった遊女殺人事件をもとにして書かれた『吉原百人斬《ぎり》』を題材にした歌舞伎、『籠釣瓶花街酔醒《かごつるべさとのえいざめ》』に登場する花魁・八ツ橋も、心に決めた男がいたため、客であった佐野次郎左衛門《さのじろうざえもん》を振り、その次郎左衛門によって殺害されてしまいました。その際に、多くの関係者も巻き添えになって命を落としたということです」

まただ。

男と女の愛憎が渦巻く街――しかも、孤立した世界である以上、こういった事件は、やはり後を絶たないのか。

沈鬱《ちんうつ》な気分になって、紫はページをめくる。

「しかし、更に悲惨な最期を迎えたのは、京町《きょうまち》の小夜衣《さよぎぬ》でした。彼女は放火の罪を着せられた上、必死の弁明も聞き届けられることなく、火炙《ひあぶ》りの刑に処せられてしまいました」

火炙りの刑。

しかも、濡《ぬ》れ衣《ぎぬ》で。

紫は、眉根を寄せながら文字を追った。

そして、ページの最後で記事は、

「華やかな世界には、必ず闇がつきまとっています。あるいは、こういった闇を抱えていたからこそ吉原遊郭が、まるで暗い夜空に浮かぶ満月のように、華麗に輝いていたのかも知れません」

と結んでいた——。

紫も、多少はこういった悲惨な事件が起こっていたろうとは想像していた。だが、吉原の中でも位が高いといわれている花魁たちでさえ、こんな目に遭っていたとは。ということは、他の遊女たちは、もっと悲惨な目に遭っていたろう。記録に残されていない、無数の悲しい話が、吉原の闇の中に埋もれているのではないか。もて囃《はや》されて幸福だったのは、おそらく勝山太夫くらいのものだったのではないか——。

紫は、最後のページに載っていた「大見世《おおみせ》」の写真を眺める。そこには、長く続く格子の向こうに、色とりどりの派手な着物を身にまとった遊女たちが、ズラリと並んでいた。

まさに鳥籠《とりかご》。

籠の中の鳥だ。

〝いついつ、出やる……〟

紫は思わず「かごめかごめ」を口ずさんでいた。

自分も同じ。

紫は大きく嘆息すると、雑誌を閉じた。

この小綺麗で、いかにも快適に造られた「籠」の中から、いつ解き放たれるのだろう。それとも、一生このままここで過ごさなくてはならないのか。部屋の外へ出ることは可能でも、自由な恋愛もできず、一人で旅行に行くことも禁じられている。気ままに「外」を飛び回ることの許されない暮らし……。

紫は、窓の外を眺めた。

雪が段々と強くなってきている。

雪までもが、紫を閉じ込めようとしているかのようだ。

沈鬱な悲しみが押し寄せてきた時、インターフォンが鳴った。

応答しなくても分かる。

有賀《ありが》寛司《かんじ》だ。

紫を、この場所に閉じ込めている男。

現世的な幸福と、わずかばかりの快楽と、それを帳消しにして余りある膨大な精神的苦痛を与え続けている男。

紫は、この二回り以上も年上の男の愛人なのである。

《陽春》

明邦《めいほう》大学一年生の棚旗奈々《たなはたなな》は、中島晴美《なかじまはるみ》と二人で、クラブハウス一階の廊下突き当たり一番奥、「オカルト同好会」という怪しげなプレートが掛けられている部屋の前に立った。

すでに入会している晴美がドアを軽くノックして、

「失礼します」

と、プレートに書かれた名称にはそぐわないような明るい声で挨拶すると、部屋に入って行く。

その後ろから、奈々は恐々《こわごわ》と部屋を覗《のぞ》く。

壁にさまざまなタペストリーが飾られている薄暗い部屋の中央に、大きな木のテーブルが一台置かれ、その上には、どこの国の言語か判別のつかない文字が表紙に印刷されている厚い書物や、色とりどりのガラス瓶、今まで目にしたことのないような奇妙な形で踊っている人形たちと一緒に、ゴロリと転がっているのは——。

〝ビールの空き缶……？〟

それが数本と、食べ散らかしたつまみの空袋。

それで、入った瞬間に何か異様な臭いがしたのか。滅多《めった》に嗅《か》いだことのないようなお香と、お酒の混じり合った臭い――。

余りに現実離れしているこの部屋の雰囲気に、少し腰が引けてしまった奈々の視線の先で、

「やあ」

椅子《いす》に腰を下ろして、窓からの明かりで読書をしていた、髪をツーブロックに分けた真面目《まじめ》そうな男性が手を挙げた。

「先輩の、小澤宏樹《おざわひろき》さん」晴美は奈々を軽く振り返る。「文学部の二年生で、オカルトに関してとっても詳しいの」

そう言ってから、

「薬学部一年の、棚旗奈々さんです」と奈々を宏樹に紹介する。「彼女とは、雪《ゆき》ノ下《した》女学院からのお友だちなんです」

「は、初めまして」

と頭を下げる奈々を見ると、宏樹は立ち上がって、

「ああ、どうも」

笑いながら部屋の電気を点《つ》けた。部屋は、パッと明るくなり、奈々も一気に現実に戻る。

宏樹は、小柄で色白な男性だった。どことなく中性的な雰囲気を持っている。改めてこうして明るい電灯の下で見ると、ますます真面目そうな印象を受けた。

「でも」と、宏樹は奈々に言う。「色々と詳しいというのは、中島さんのお世辞だな」

「そんなことないですよ」晴美は否定した。「変わったお話を、しかも西洋から東洋まで、たくさんご存知じゃないですか」

いや、と宏樹は首を横に振ると、

「ぼくなんか、どうってことはないよ。あいつに比べたら」

と言って、部屋の隅《すみ》に視線を移した。

奈々もつられてそちらに目をやると、そこにはアンティークな布張りの大きなソファが置かれ、その上に白い塊《かたまり》。

違う。

白衣を着た誰かが、奈々たちに背中を向けるように寝ていたのだ。白衣ということは、薬学部の学生だろう。ただ、顔をソファに埋めるようにして寝ているので、誰だか分からない。

といっても、奈々も入学してまだ九ヵ月。薬学部は一学年百二十人で、全学部でたった四百八十人といっても、先輩たちの顔は、まだ殆ど知らなかった。

「おい」と宏樹は、その白衣の塊に向かって呼んだ。「起きろよ、タタル。お客さんだぞ」

「タタル……？」

思わず訊《き》き返してしまった奈々に、宏樹は笑う。

「こいつの渾名《あだな》なんだ。本名は……何だっけ」

「また、そういうことを」晴美も笑い返す。「もちろん、桑原《くわばら》さんです。桑原崇《たかし》さん」

「えっ」奈々は目を丸くした。「桑原さん？」

「そうよ。ああ、薬学部の先輩だから、奈々も知ってるのね」

「いえ。そうじゃなくて……」

と答えて、奈々は二ヵ月前の話を、晴美たちに告げた。

原宿駅《はらじゆく》で晴美と待ち合わせていた時、どこかの宗教団体の勧誘員につかまってしまった。そのしつこい勧誘に困惑していた奈々を見つけて、声をかけてくれたのが崇だった。それまで一度も口をきいたことはなかったし、名前すら知らなかったが、小さな学部だから、一学年上にこういう男性——背が高く色白の顔。そしていつもボサボサの髪で校内を歩いている先輩——がいることは、奈々も認識していた。

崇も、奈々を見かけたことがあった様子だったので、藁《わら》にもすがる気持ちで助けを求めたところ、祟はその勧誘員に近づくと、観音菩薩《かんのんぼさつ》に関する怪しげな講釈を延々と披瀝《ひれき》――開陳し始め、その「講義」に、たじたじとなった勧誘員は逃げるように立ち去り、奈々は助かった。

後で聞けば、その男性の名前が桑原祟――。

「ああ、あの時の」と晴美は頷いた。「奈々が、変な男性って言ってた人が、タタルさんだったんだ」

「しっ……」奈々は、あわてて晴美の腕を引っぱる。「で、でも、どうして『タタル』？」

うん、と宏樹が笑いながら説明する。

「入会した時の名簿に、こいつが『祟』って書いたら、会長の宇津木《うつぎ》さんが『祟《たた》る？』って訊いちゃってね。殴り書きで、きたない字だったし」

確かに「祟」と「祟」は、そっくりだ。

奈々が心の中で納得していると、

「それに、名字がまた『桑原』だったから、それ以来みんなから、タタルって呼ばれるようになった。しかも、この男の行動を見ると、まさに『くわばら・タタル』なんだよ」

「……？」

不思議そうに首を傾《かし》げる奈々に、

「そのうち分かるよ」と言って、宏樹は崇を呼んだ。「タタル、起きろよ。新入会員だぞ」

いや！

まだ奈々は、入会するかどうかは決めておらず、晴美の付き合いでこの場所にいるだけなのだ。しかも、この部屋の空気にもなじめなくて――。

「あ……」

崇は起き上がり、ソファの上に座り直す。そして、ごしごしと目をこすったが、相変わらず髪はボサボサのままだった。

「もう、二時間経《た》ったのか」

「まだだよ」宏樹は答える。「でも、お客さんだ。しかも、タタルのことを知ってるっていう、薬学部の後輩の可愛《かわい》らしい一年生の女の子だぞ」

「ふん……」崇は、まだ寝起きのままテーブルの上の煙草《たばこ》に手を伸ばすと、火を点けて一服した。「誰？」

「棚旗ですっ」奈々は、地味な黒縁の眼鏡《めがね》をかけ直して自己紹介する。「二ヵ月前に、原宿の駅前で助けていただいた――」

ああ、と崇は眠そうな顔で煙を吹き出した。

「あの時の、きみか。実は、もっと話したかったんだが」

「私と？」

「いや、あの腰の据わっていない勧誘員と」

え……。

啞然《あぜん》とする奈々に、崇は尋ねる。

「それで、何の用だ」

「何の用じゃないぞ、タタル」宏樹が割って入る。「彼女は、中島さんの紹介で、この同好会に入会希望なんだと」

は。

「い、いえ……その……」

と言う奈々を無視して、宏樹は崇をけしかける。

「だから、しっかり勧誘しろ」

「それなら」と崇は、二、三服しか吸っていない煙草を消して奈々を見た。「入会すれば良いじゃないか。もう子供じゃないんだから、好きにすればいい」

いくら寝起きだからといっても、酷《ひど》く感じが悪い。

改めて原宿のお礼を言おうとしていた奈々は、口をつぐんだ。いくら何でも、こんな男性とは親しくなれないのではないか。

すると、

「そういう言い方はないだろう、タタル」宏樹も、さすがに抗議する。「折角、ここまで訪ねて来てくれたんだぞ」

だが崇は、そんな言葉を無視して時計を見た。

「あと二十分ある。少し寝る」

「もしかして」奈々は驚いて尋ねた。「実習中なんですか！」

「見れば分かるだろう」崇は、自分の白衣の襟をつまんだ。「二時間還流中だ。何もすることがない」

そんなことはない。

確かに、ただ実験台の前にじっと座って蒸留装置や還流用のフラスコを見つめ続けている必要はないが、その間で誰もが資料を読んだり、実験レポートをまとめたりしているはずだ。

それなのに、何というい いかげんな男！

呆《あき》れかえる奈々の前で、

「まあ、とにかく」と宏樹は言う。「タタルも会員なんだから、きちんと勧誘しろよ」

だから、と崇は言った。

「入会したければ入ればいい。嫌なら止めればいい。とにかく俺は、もう少し寝る。

十五分経ったら起こしてくれ」

そう言うと、崇は本当にまたソファに横になり、一分も経たないうちに鼾《いびき》をかき始めた。

「相変わらず、しょうがない奴だ」宏樹は顔をしかめると、奈々たちを見て肩を竦《すく》めた。「昨夜は徹夜したらしいんだ。何かの本を読んで」

「オカルト関係の……ですか？」

尋ねる奈々に、

「そうじゃなくて」と宏樹は首を振った。「確か、全国の一の宮に関する紀行文だと言ってた」

「一の宮って……神社？」

「もちろん、そうだろう」

「オカルト同好会員なのに、神社って。全く、関係ないじゃないですか」

いや、と宏樹は苦笑する。

「この会は、それほどマニアックにオカルトを研究しようという場所じゃないんだよ。もちろん、中にはそんな人もいるけど、殆どはタタルやぼくみたいに、何かちょっと神秘的な現象に憧れている人間ばかりなんだ。あとは、適当に集まって、色々な雑談をして」

「大学の話とか」晴美も笑う。「試験の対策とか」

そう、と宏樹はニコニコと頷いた。

「それと、どこかフィールドワークに出かけて、食事したりお酒を飲んだり」

「そう……なんですね」

奈々はチラリと、テーブルの上の空き缶を見る。

まさか崇は、ビールを飲んで寝た？

いや、さすがに実習中だから、そんなことはしないだろうとは思うが……。

「ねえ、奈々」晴美が笑いながら言う。「どう？　ちょっと面白そうでしょう。入りなよ。会則も、すごく緩《ゆる》いみたいだし」

「次期会長の森島《もりしま》さんも、とっても良い人だしね」宏樹も畳みかけてきた。「確か、会長の家も横浜《よこはま》方面じゃなかったかな。きっと、色々と面倒を見てくれると思うよ」

「え、ええ……」

奈々は——何となく——背中を向けてソファに寝転がっている、崇の白衣姿を見て悩んだのだが。

結局、入会することになった。

奈々たちの同期生では、文学部の多田利夫《ただとしお》という、大人しそうな男性がいるだけで、会員数は、奈々を入れても十七名。存続していけるのだろうかと心配してしまうが、その分、とてもアットホームな雰囲気だった。但し——崇を除いては。

奈々はその後も、晴美と一緒に何度も足を運んだ。すると宏樹の言う通り、森島はとても優しく面倒見の良い女性だったし、また「オカルト同好会」という名称のわりには、怪しげな黒魔術も、人造魔神も、薔薇《ばら》十字団も関係なく、話題に上るのは、せいぜいが、奈々たちにも多少関係のある、錬金術師・パラケルススや、万能薬絡みでロジャー・ベーコン、ヘルメスのエメラルド・タブレット、ゲーテのファウスト博士に関してなどばかりだった。

そうなると、ここで一番怪しげなのはあの男。桑原崇ではないのか。

崇は相変わらず同好会室にいたり、いなかったりで、しかも在室している時は大抵昼寝している。あと、実習がない時には本当に昼間からビールを飲んでいたこともあった。

そのくせ、同好会の忘年会も新年会も欠席。そのために森島から、新入生歓迎会だけには必ず出席しなさい、と叱られていた。

だが崇は、その言葉を聞いているのかいないのか、適当に返答するばかりだった。

本当に仕方ない男だ、と奈々は思った。洒落《しゃれ》た先輩が「しかたないな崇《たかし》」という回文を作ったと聞いたが、まさにその通りだ。

やがて後期試験も終了して、卒業式で四年生を見送るために、全員が集まった。その日は、さすがに崇もやって来ていたので、奈々は、

「こんにちは。この間はどうも」

と挨拶した。実は先月、ひょんなことから晴美と二人で、崇と会ったのだ。しかし崇からは、

「ああ」

という、けだるい言葉しか返ってこなかった。

まさか、あの神社での事件のことを忘れてしまっているということはないだろうが、やはり変な男だ——と、奈々は再々確認した。

その後、会員の誰もが、

「あれ、棚旗さん。眼鏡を替えたんだ」

などと言って、奈々の顔を覗き込んでくる。

実は、見るからに真面目そうで地味な黒縁の眼鏡が嫌になった奈々は、眼鏡店の女性店主に勧められるままに、明るいブラウンのセルフレーム、オーバル型の眼鏡に替えた。しかし、まだ自分自身も慣れていないので、指摘されるとちょっと恥ずかしい。なので、

「え、ええ……」

と答えて顔を赤らめるばかりだった。

そんな集まりで、次期会長として森島沙紀《さき》が、全員を前にしてこう言った。

現時点では十七名だが、来年度は四年生が六人全員卒業してしまうので、会員数は一気に三分の二ほどに減る。だから、みんなで一致協力して、新入生を一人でも多く勧誘して欲しい。

「特に桑原くん」と森島は、欠伸《あくび》を噛《か》み殺しながらその話を聞いていた崇を見た。「もう、三年生になるんだから、一所懸命に活動して」

その言葉がきちんと耳に届いたのか、それとも聞き流したのか、無言のまま曖昧《あいまい》に頷いた崇から視線を外すと、

「そこで」と森島は提案した。「せっかくの春休みだし、みんなでどこかに行こうと思うの。いわゆる、フィールドワークとして」

「どこへ行くんですか？」

宏樹の質問に、森島は意外なことを口にした。

「少し前に、宇津木会長と話をしたんだけど、最近都内で、幽霊が現れる場所があるらしいから、そこに行ってみたらどうかと思ったの」

え……。

西洋的な美術館か、何か怪しげな博物館にでも出かけるのかと思っていた奈々が驚いていると、今度は晴美が質問した。

「場所はどこなんですか？　青山《あおやま》霊園とか……？」

いいえ、と森島は首を横に振った。

「吉原の方なんですって」

「吉原って、遊郭のあった吉原ですか」

「正確には、もう少し北の方なんだけど」

すると、

「オカルトと幽霊じゃ」いきなり崇が、ボソリと言った。「アポロンと天照大神《あまてらすおおみかみ》ほど違う」

「いいのよ、細かいことを言わなくて！」と森島の同級生の、宮本純子《みやもとじゅんこ》が崇を睨《にら》む。

「肝心な話の時は無関心のくせに、こんな時ばっかり話に割り込んできて」

「今のは、肝心な話ですよ」

「とにかく、いいの」純子は言い放った。「今までだって、それこそ桑原くんは参加しなかったけど、夏合宿で外人墓地に行って肝試しをしたりしてるんだから」

そうなのか。

本当ならば、確かに宏樹の言った通り、緩い集まりだ。

奈々は心の中で思ったが、もちろん口には出さずに黙っていた。

すると、晴美が更に尋ねる。

「それで、そこは具体的にどの辺りなんですか？」

ええ、と森島は答える。

「荒川区《あらかわ》、南千住《みなみせんじゅ》。三ノ輪《みわ》の浄閑寺《じょうかんじ》よ」

「じょうかん寺？」

「そう。いわゆる、吉原の遊女たちの投込寺《なげこみでら》といわれてる」

「投込寺！」

昔は、と言って森島は晴美を見た。

「吉原で働いていた大抵の遊女たちは、亡くなっても遺体の引き取り手が現れなかった。かといって、きちんとした墓に葬ってもらえるのは、よっぽど高名な花魁。もしくは、そこの妓楼とかなり親しい遊女に限られていた。だから、ほぼ全ての遊女たちは亡くなると、まるで捨て犬のように、この浄閑寺に投げ込まれたらしいの。特に、安政《あんせい》二年（一八五五）の大地震の際には遊女五百余人が、一つの穴に投げ込むようにして葬られたことから、この寺は『投込寺』と呼ばれるようになったそうよ」

投込寺——。

また、嫌な名称だ。

眉を顰める奈々の前で、森島は続けた。

「その後、遊女本人はもちろん、遊女の子供や遊郭関係者の女性など、新吉原創業から廃業までの約三百年間に、およそ二万五千人もの人々が葬られたと言われている」

そこに、と晴美は顔をしかめた。

「……幽霊？」

「そういえば」と宏樹の同級生の、樋口裕子《ひぐちゆうこ》が言う。「小澤くんの家も、その近くじゃなかった？」

うん、と宏樹は真剣な顔つきで頷いた。

「そんな話は知ってる。去年の夏頃に、大騒ぎになってた」

「本当なの？」

尋ねる森島に、宏樹は大きく頷く。

「浄閑寺の近くに、わりと豪華なマンションがあるんですけど、三年ほど前に、その一室で独り暮らしの若い女性が自殺したらしいんです」

「自殺って……なぜ」

「理由は知りません」宏樹は首を振る。「遺書もなかったようですので、発作的な自殺だといわれてます。その女性は、睡眠薬を飲んでからバスルームに行き、自分の手首をザックリと切って、そのまま水を張った浴槽に突っ込んで」

「え……」

「だから、発見者の通報で救急隊員や警察が到着した時には、バスタブが真っ赤に染まり、バスルームは血の臭いでむせ返るようだったそうです」

「…………」

さすがに顔をしかめる森島たちに、宏樹は言う。

「だから、浄閑寺に現れる幽霊は、その女性の怨霊《おんりょう》じゃないかって、噂《うわさ》になっていました。きっと彼女は、何らかの恨みを呑んで自殺したんだろうって」

それを聞いて眉を顰める奈々と晴美の前で、

「行ってみましょう」と純子は言った。「うまく、その幽霊に会えるかどうかは分からないけど、『投込寺』の浄閑寺にも、興味があるし」

「そうね」森島も同意する。「たまには、和風のオカルトも」

他の会員たちも「そうそう」と言って、恐々同意していたが——。

奈々は、さすがに余り気乗りがしなかった。

いや、別に幽霊の存在を信じているというわけではない。

でも……何となく。

すると、その会話に冷や水を浴びせるように、

「俺は遠慮します」崇が、きっぱりと言った。「森島さんたちが行かれることを止め

はしませんけど、俺は参加しません」

「またあ」純子は軽く嘆息すると、崇を睨む。「そうやって、この会の和を乱すんだから」

「会の和もくそもない。俺は嫌です」

「どうして？　何か理由があるの」

「いや、特に」

ひょっとして、と純子はニヤニヤと崇の顔を覗き込んだ。

「外人墓地の肝試しも不参加だったし……桑原くん、幽霊が恐いの？」

尋ねられて崇は、

「ああ」と答えた。「恐いですね、とっても」

「幽霊が本当にいると思ってるの？」

「幽霊が本当にいないと思っているんですか？」

「え」

言葉に詰まる純子の隣で、

「それは」と森島が笑った。「不可知論ね。難しい証明になるわ」

そしてその後も、少し話が続いたが、全員で浄閑寺へ行くという計画は、一旦保留となった。もう一度検討して、後日、改めて連絡をくれるらしい。

奈々は内心、ホッとする。

幽霊の存在云々《うんぬん》という以前に、そういった場所へは行かないですむのなら行きたくない。というより、軽々しく足を運んではいけないような気がする。特に先月、崇の話を聞いてから、奈々も少しだけだが、色々と考えるようになっていた……。

といっても、それ以上の深い理由はなかったから、崇が真っ先に強く反対してくれたことは、心の中でとても感謝した。

それにしてもこの仏頂面の男は、幽霊の存在を信じて、恐がっているのか。その点は奈々にとっても、少し驚きだった――。


結局その日は、三年生全員と、特に私用のない会員で、行きつけの喫茶店でお茶をするということになったが、奈々と晴美、そして宏樹と崇の四人は、そのまま帰宅することにして、森島たちと別れた。

四人で駅までの道を歩いていると、

「ぼくとタタルは同じ方向だけど、きみらはどっち方面？」

と宏樹が尋ねてきた。そこで、

「彼女は」と晴美が答える。「北鎌倉《きたかまくら》です。私は、藤沢《ふじさわ》ですけど」

そして今日、二人で横浜に買い物に行くつもりだったので、森島たちの誘いを断ったのだ、とも。

やがて話題は、やはり先ほどの浄閑寺の話になった。宏樹は地元ということで、浄閑寺について奈々たちに教えてくれる。

新吉原――歌舞伎や落語に登場する、いわゆる「吉原」――の創業から昭和になって廃業するまで、遊郭に関係する大勢の女性たちや、安政、大正の大震災で命を落とした人々が数多く葬られている。また、墓ではないが、永井荷風の筆塚《ふでづか》もあるという。

「永井荷風って」晴美が尋ねる。「あの『すみだ川』や『濹東綺譚《ぼくとうきたん》』などを書いた？」

そうだよ、と宏樹は頷いた。

「荷風は、生前からずっと吉原の遊女たちに心を寄せていたから、浄閑寺には何度も足を運んでいて、死後、自分も浄閑寺に眠りたいと言っていたほどだったんだ」

「でも」奈々は首を傾げる。「『投込寺』なんて呼ばれていた場所に葬ってもらいたいなんて……」

「そんな名前のお寺は」晴美も言う。「やっぱり、恐いし。荷風も変わった人だったらしいから」

するると、

「吉原にあった投込寺は」崇が唐突に口を開いた。「浄閑寺だけじゃない」

「えっ」

驚く奈々の前で、崇は独り言のように続けた。

「きみらは浄閑寺、いや、吉原についてさえ殆ど知らないみたいだな」

「どういう意味ですか？」

「そのままだ」

「だって、小澤さんは地元だっていうし、色々と詳しい――」

「地元の人間だって、知らないことはいくらでもある」崇は、そっけなく言い放つ。

「何なら今から行ってみるか、小澤」

「あ、ああ」宏樹は、突然の質問に少しどぎまぎしながら答えた。「ぼくは構わないよ。独り暮らしだし、それにどうせ地元だから」

「でも！」晴美は声を上げた。「さっきタタルさんは、幽霊が出るから浄閑寺に行きたくないって――」

「そんなことは一言も口にしていない」崇は再び、奈々と晴美を見た。「きみらは？」

「奈々、どうする……」

晴美が尋ねてきたが、奈々は何となく――崇の誘いに乗ってみようかなとも思った。というより、この男がそんなに積極的に行動しようとする姿は珍しかったので、ちょっと興味を惹かれた。この間とはまた少し違う話を聞けるかも知れない。

とにかく、と崇は言った。

「俺たちは帰りに、浄閑寺に寄ってみる。ちなみに、渋谷《しぶや》で乗り換えて四十分ほどだが」

「奈々は、どうする」

という晴美の問いに奈々は、決して近くはないが、北鎌倉まで帰るのに一時間半程度だと計算して、

「うん」と頷いた。

買い物はいつでも行かれるが、こんな機会は滅多にないかも知れない。少し恐いような気もするが、まだ午後早い時間だし、まさかこんな時刻から、幽霊も出ないだろう。

「行ってみようかな」

「じゃあ……私も」

晴美が頷いたのを確認して、奈々は崇に言った。

「一緒にお願いします。ぜひ」

《春夢》

紫は、居間のソファに腰を下ろすと、赤ワインのグラスを片手に、先ほど購入したばかりの真新しい雑誌を開いた。

今夜は、寛司もやって来ない。そう連絡が入ったので、ここから先は紫の自由時間。但し、籠の鳥であることに変わりはないのだが——。

紫は、パラリとページをめくる。先日、たまたま読んだ吉原の遊女たちの話が気になって——というより、強いシンパシーと憐憫《れんびん》を感じてしまい、何か彼女たちに関する書籍でもないかと、久しぶりに書店に足を運んでみたのだ。

すると、最近は密《ひそ》かなブームになっているのだろうか、この間とはまた違う雑誌での、吉原特集の臨時増刊号を見つけた。そこで、チラリと立ち読みしてみると、紫の目に「勝山太夫」という文字がいきなり飛び込んで来た。そこで、すぐに買い求めて、部屋に戻って来たのだった。

紫はワインを一口飲みながら、ページに視線を落とす。そこには、例の「勝山髷」

を結った女性の絵と共に、勝山太夫に関しての話が書かれていた。

「勝山太夫は当時、『寒梅の雪にもいたまず、やさしき色ありて、しかも匂《にお》へるが如《ごと》し』と呼ばれ、井原西鶴《いはらさいかく》の『好色一代男《こうしよくいちだいおとこ》』にも『勝山といへるおんな。すぐれて情《なさけ》もふかく』と書かれており、また、半井卜養《なからいぼくよう》にも

御仏が三国一じゃえ申《もう》すまい
美酒勝山は借銭のたね

という狂歌を詠《よ》まれるほどの人気を博した。
もともと勝山は、神田四軒《かんだしけん》町の丹前《たんぜん》の紀国《きのくに》風呂に勤めていた、当時から非常に名高い湯女《ゆな》だった」

この「湯女」というのは、風呂屋にいた遊女のことらしい。客の世話をしたり、時には体を売ったりもしたようだ。

「中でも勝山は、玉縁《たまぶち》の編み笠《がさ》に袴《はかま》を穿《は》き、小太刀の木刀を腰に差して町を歩く姿

は、まるで女歌舞伎のようだと、もて囃された。

ちなみに『丹前』という名称は『堀《ほり》丹後守殿前』を略して、そう呼ばれたものであるが、更に勝山は、それまで『野暮《やぼ》』とされていた、防寒着の綿入れである『どてら』をお洒落で派手な羽織り物に仕立てた。するとそれが、『丹前』という名前で江戸中に大流行した」


ということらしい。しかも、この「丹前」は、歌舞伎でもすぐに取り入れられたのだという。確かに、歌舞伎は「傾《かぶ》く」を語源としていると聞いたことがある。つまり「斜に構える」とか「常識外れ」という意味だと。

それならば、勝山の「傾き者」ファッションが、そのまま歌舞伎に取り入れられても、何の不思議もない。

紫は一人、頷きながら続きを読む。


「しかし、明暦三年（一六五七）の六月に、風呂屋禁制の法度《はっと》が出され、紀国風呂も廃業に追い込まれた。そのため、湯女たちの多くが江戸所払いされたり、あるいは吉原に送り込まれたりした。勝山は吉原・山本芳順《やまもとほうじゅん》の妓楼に入ったというが、しかし実際は、その数年前の承応《じょうおう》二年（一六五三）に入っていたともいわれている」

いよいよ勝山の、吉原デビューだ。
そして、誰もの予想通り、

「勝山は、廓でも一世を風靡《ふうび》する太夫——最高位の花魁となった。彼女の一挙手一投足が、常に吉原の噂となったのである。容姿はもちろん、小唄《こうた》、三味線、そして和歌や書にしても、誰も敵《かな》う花魁はいなかった。更に、花魁道中の優雅な歩き方——外八文字《そとはちもんじ》の足取りを考案したのも、勝山であった」

やはり勝山は、当初から評判が高かったようだ。
続いて「勝山髷」に関する話も書かれていた。

「ある日の花魁道中の際に、勝山に対する嫌がらせか、それとも気を引こうとしたのか、突然飛び出して来た男が、勝山の髪を結わえていた元結《もとゆい》を切ってしまった。当然、髪は乱れてしまったが、勝山は全く慌てることもなく、近くの床屋に立ち寄って自らの手で髪を簡単に整えると、簪《かんざし》をサラリと挿して、再び花魁道中を続けた。その時の髪型が『勝山髷』と呼ばれ、一世を風靡することになったのである」

ここまで読んで、紫は大きくソファに寄りかかる。

先日の雑誌にも書かれていたように、時代劇の丸髷の原型でもある「勝山髷」にしても、歌舞伎で普通に登場する「丹前」も、吉原の花魁道中の「歩き方」も、全てがこの勝山の発案だったとは。

しかも、小唄、三味線、和歌、書に堪能《たんのう》となると、単なる「カブキ者」ではない。現代ならば、銀座辺りのナンバーワンホステスであると同時に、シンガーソングライターで、自らデザイナーを務めるトップファッションモデルで、しかも作家で書家というわけだ。

もしも今、そんな女性がいたならば、大人気どころの話ではない。遥《はる》か雲の上の、夢に見るような憧れの存在……。

では、勝山は、その後どうなったのかといえば、あの、江戸中を焼き尽くした「明暦の大火」が起こってすぐに年季が明けて、江戸の町を出たのだという。そしてそれ以降、二度と表舞台に登場することはなかったようだ。

引き際も、見事ではないか。あれほどまでに才能豊かな女性だったのに、年季明けと共に姿を消してしまうなどと。いや、才能豊かだったからこそ、見事に引退できたのか――。

そんなことを考えながら、紫は赤ワインを飲む。

寛司と二人ではなく、こうして一人でくつろいでいると普段より酔いの回りが早い。すでに頰《ほお》が、ほんのりと赤らんでいるのが自分でも分かる。

するとその時、インターフォンが鳴った。

紫は、ふと顔を上げる。寛司は来ないはずだから、こんな時間に一体誰だろう。

フラリと立ち上がって応答すると、

「谷垣《たにがき》です」

という声が返ってきて、紫の胸がドクンと弾む。

寛司の秘書の谷垣治《おさむ》だ。年齢は紫よりも七歳年上なのだが、いつも敬語を使って丁寧に接してくれている。

谷垣は、寛司から預かった物がありますので、などと言う。

紫は、苦笑した。

嫉妬《しっと》深い寛司のことだ。紫という籠の鳥が逃げ出していないかどうか、谷垣に確認させようとしているに違いない。

紫は、わざと「部屋まで、お願いします」と告げて、玄関のオートロックの鍵《かぎ》を開けた。しかし、紫一人の部屋を訪ねる行為を躊躇《ちゅうちょ》したとみえて、谷垣は一瞬間を置いてから「はい」と答えた。

紫は、バスローブの胸元を整えると立ち上がり、姿見の前に立つと、指で髪を整えた。やはり両頬は、ほんのりとピンクに染まっている。

紫は洗面台に向かい、つややかなリップを唇《くちびる》に塗ると、鏡の中の自分に向かってニッコリと妖艶《ようえん》に微笑《ほほえ》んだ。

そして、今整えたばかりの胸元を、わざと少しだけ崩した。

紫は、自分自身、谷垣に対して好意以上のものを抱いていることを自覚している。

その証拠に、谷垣の到着を告げるインターフォンの音に、まるで恋人を迎え入れる時のように、胸がときめくのを感じたのだから。

《惜春》

地下鉄に乗り込むと四人は、奈々、晴美、崇、宏樹と並んで座席に腰を下ろした。すると、一番端《はし》から宏樹が、

「おい、タタル」と口を開いた。「ぼくらが、吉原や浄閑寺に関して良く知らないって、どういうことだ。いや、確かにタタルは、そういった方面には詳しいんだろうけどな」

「タタルさんが、そんなことにも詳しい?」奈々は驚いて尋ねる。「薬学部——理系なのに」

「タタルさんの趣味は」晴美が笑った。「寺社巡りとお墓参りなんだって言ってたでしょう」

「でも……」

「だから」と宏樹が補足する。「『くわばら・タタル』なんだよ。しかし、そう考えると今日は、ぴったりだな。お寺と墓参りで」

「あの近辺ならば」と崇が真面目な顔で言った。「江戸五色《ごしき》不動の一つ、目黄《めき》不動尊の永久寺《えいきゅうじ》にはお参りできるとしても、本当は吉原神社や、吉原弁財天や、千束稲荷《せんぞくいなり》神社にも行ってみたいところだが……。それらはまた、日を改めることにしよう。さて──」

と言ってから崇は──半《なか》ば唖然としている奈々を気にもせず──もともと日本橋にあった「吉原」が、明暦三年（一六五七）の「明暦の大火」の後、浅草・浅草寺《せんそうじ》の裏手に強制的に移転させられて「新吉原」となった。そしてここが、浄瑠璃《じょうるり》や歌舞伎や落語に登場する、いわゆる「吉原」なのだ──と、ごく簡単に説明をした。そして、

「もちろん現在では」と続ける。「当時の遊郭は、全く姿を消している。昭和三十三年（一九五八）に、売春防止法が適用されて、吉原遊郭はその三百年余の歴史の幕を閉じたからね。しかしそうでなくとも、明治四十四年（一九一一）の吉原大火、大正十二年（一九二三）の関東大震災、昭和二十年（一九四五）の東京大空襲と、吉原は完全に焼失した。そしてその度に『仮宅《かりたく》営業』などをして、復興を試みた」

「…………」

どうしてこの男は、こんなことに詳しいのだろう。本当に、薬学部の学生なのか？

奈々は、身を乗り出して崇の横顔を眺めた。地元に近いというから、こういったことに興味があって、吉原や遊女の話を趣味にしているのだろうか。

崇は続ける。

「だが、実はそれ以前から、すでに吉原は少しずつ衰退し始めていたんだ。その大きな理由の一つは、明治政府誕生の後に江戸に入って来た薩長土《さつちようど》などの政府高官が、吉原に馴染《なじ》むことができなかったからだといわれてる」

「どうしてですか？」

尋ねる晴美に向かって崇は、当然というように答えた。

「吉原は、とても格式が高かったからだ。当時、地方からやって来たばかりで作法を知らなかった彼らは、花魁たちから全く相手にされなかったらしい」

「政府高官なのに！」

「吉原には、吉原なりの流儀があったし、遊女たちのプライドも高かった。そして吉原に暮らす誰もが、その流儀を誇りに思っていたんだ。だから、相手が政府のお偉いさんだろうが誰だろうが、そんなことは関係ない。マナーやエチケットの問題だ」

と言ってから、崇はつけ加える。

「それに、そもそも吉原の人たちは、全員が徳川贔屓《びいき》だったからね」

「ああ……」

「そこで、薩長土の人々は、新しく開発された、新橋《しんばし》や赤坂《あかさか》の飲み屋街や遊郭へと流れてしまった」

なるほど、そういうことか。

遊女はもちろんのこと、吉原の人々も、それまで自分たちを贔屓にしてくれていた人々を慕《した》い、彼らを追い落とした権力に媚《こ》びなかったわけだ。いわゆる「江戸っ子の心意気」というのだろうか。それとも、吉原では彼らや彼女たちなりに、お金には換算できない何かを守ろうとしたのか。

もしもそうだとすると、それは何……？

「そして実際に」崇は言った。「吉原は、江戸文化の中枢を担っていた」

「さすがに、それはちょっと大袈裟なんじゃないですかあ」晴美が言った。「だって、単なる遊郭だったんでしょう」

「微塵《みじん》も誇張《こちょう》していない」崇は断言する。「吉原遊郭は、歌舞伎と並んで、江戸の二大文化だった。だから特に歌舞伎とは縁が深くて『二の裏は五』と言われていた。まあ、これは洒落だがね」

「二の裏は……って、サイコロの話ですか？」

「もちろん、それも引っかけている。しかしここで『二』というのは『二丁町《にちょうまち》』を表していて、歌舞伎の中村座と市村座。そして『五』は吉原だ。というのも、当時の吉原の中は、江戸一丁目・二丁目、京町一丁目・二丁目、そして角町《すみちょう》と分かれていたんだ。これで『五丁町』」

まるで、実際に見て来たようなことを言う崇の横顔を、奈々は半分呆れ顔で眺めていたが、更にこの男は続けた。

「きみらは『花魁道中』という言葉を知っているだろう」

知ってます、と晴美が答える。

「豪華に着飾った花魁が、大勢の……ええと……禿《かぶろ》や新造《しんぞう》たち」

「そうです。彼女たちを連れて、吉原を練り歩く」

「では、どうして『道中』という名称が使われたのかといえば、吉原の中の『江戸』から『京』、あるいは『京』から『江戸』へ歩くことから来てる。洒落ているな」

「それで、花魁道中……。名前は有名ですよね」

「ちなみに、現代まで残っている吉原関係の言葉では『指切り』というものがある」

「指切りって、約束する時の？」

「あれは、吉原の遊女が客に対して、自分の誠意を示すために行った行為で、自ら小指を切り落として相手に贈ったんだ」

「小指を切り落として！」

「しかし、大抵は爪《つめ》の先だったり、あるいは死んだ人間の指だったりしたらしい」

「ああ、びっくりした」晴美は笑った。「でも、それが『指切り』の語源だったんですね」

　また、と崇は言う。

「『お茶を挽《ひ》く』という言葉がある。これは、吉原では客のつかない遊女が、待ち時間に茶臼《ちゃうす》で茶葉を挽かされていたことからきている。そしてこれが、今も寿司屋などで使っている『あがり』になった」

「あがり……って、お茶のことですよね」

「そうだ。今言ったような理由から、吉原では『お茶を挽く』、そして『お茶』という言葉自体も縁起が悪いと考えられるようになって、客がついて店に『上がる』――『あがり』となった」

　なるほど……。

　納得する奈々に崇は、

「やはり寿司屋などで、どう見ても紫色には見えない醬油《しょうゆ》を『むらさき』と呼ぶことにも隠語的な意味合いがあるんだが……これはいつか、何かの機会にしよう」

　と何故か苦笑して続けた。

「あとは『冷やかす』もそうだ」

「からかうとか、恥ずかしがらせる、とかいう意味のですか？」

　そうだ、と崇は奈々を見た。

「これは当時、浅草辺りで盛んに行われていた紙漉《かみす》き業の工程で、原材料を水で冷やさなくてはならなかった。そこで、その材料が冷えるまで手持ちぶさただった男たちが吉原へやって来て、買う気も全くないのに遊女たちを眺めたり、格子の外側から声をかけたりして時間を潰していたということからきている」

「そういうことだったんですか……」

「あと、文化という側面から見れば、吉原は明治時代、すぐ近くに居を構えていた樋《ひ》口一葉《ぐちいちよう》の作品の題材にもなった。『廻《まわ》れば大門《おおもん》の見返り柳いと長けれど、お歯ぐろ溝《どぶ》に燈火《ともしび》うつる三階の騒ぎも手に取る如《ごと》く』の有名な冒頭で始まる『たけくらべ』や、そして『にごりえ』『大つごもり』など、結核によって生涯を閉じるまで多くの傑作をここで生み出している。また、彼女は二十四歳で亡くなったんだが、実際の執筆期間は、わずか一年強の間だった。だから『奇跡の十四ヵ月』と呼ばれてる」

と言ってから崇は、宏樹と晴美を見て笑った。

「このへんは、きみたちの方が専門だったな。余計なことまで喋《しゃべ》った」

「いや。気にしないで説明を続けてくれ。改めて勉強になるから」

と真顔で答える宏樹と、「うんうん」と頷く晴美に向かって、

「私は……遥か昔にどこかで聞いたことがあるかな、という程度です」

正直に答えた奈々を見ると、

「この冒頭の『大門』は」

と、崇は丁寧に説明を始めた。

「もちろん吉原の出入り口にあった唯一の門で、『見返り柳』は『大門』から少し行った場所に立っていた柳だ。朝になって帰る客がこの辺りまで来ると、昨夜の名残《なごり》を惜しんで後ろを振り返った、という言い伝えから名づけられた。ちなみに今も、何代目かの『見返り柳』が立っている。そして、この『大門』は、非常時を除く吉原唯一の出入り口ということになっているが、実質上人々は、非常時だろうが何だろうが、常にこの門から出入りするしかなかった」

「というと？」

「今出てきた『お歯ぐろ溝』に、周りをぐるりと囲まれていたからだ。この溝は、遊女たちが歯に塗って使っていた『お歯黒』を棄《す》てていたために黒かった、あるいは最初から汚れて黒かったのだともいわれている、幅四メートル、あるいは幅六メートルともいわれている堀だ。そこには一応、九ヵ所の跳ね橋が架かっていたといわれているが、火災などの非常時には、殆ど役に立たなかった」

「何故ですか？」

「というのも吉原は、北西から南東に百八十間——約三百三十メートル、北東から南西に百三十五間——約二百五十メートルの長方形に造られた、敷地《しきち》面積二万坪余りの独立した町だった。そしてその中には、最盛期で五千人から七千人の遊女が勤めていたとされる。そして、それに伴って禿や新造という、花魁の付き人。その他にも、楼主夫婦、番頭、見世番、行燈《あんどん》の見張りの不寝《ね》番、客の呼び込みの妓夫《ぎゆう》、遊女の元締役の遣手婆《やりてばばあ》、飯炊《めした》き、風呂番、清掃係、雑用係などなど、さまざまな人たちが働いていた。だから一説では、常時一万人ほどいたのではないかともいわれている」

「一万人！」

単純計算して、約二坪に一人の割合だ。

それでは、一気に逃げだそうとしても、パニックになるだけだ。おそらく、その「跳ね橋」もそれほど大きくはなかったに違いない。それだけ厳しく、遊女たちは吉原に縛りつけられていたということなのだろうか。

奈々がそんなことを言うと、

「実際に大門の両脇《りようわき》には」崇は、軽く頷いてからつけ加えた。「面番所《めんばんしよ》という隠密廻《おんみつまわ》り同心——警察の役人が常駐している番所と、四郎兵衛《しろべえ》会所という厳しい監視所があった。そして、実際にこんな話が残っている。吉原で生まれたある男が、町に奉公に出た。ところがある日、廓にいる親が倒れたということで看病にやって来た。そして、不寝《ねず》で看病して再び町に戻ろうとした時、四郎兵衛会所で留められてしまった。その理由はといえば『朝帰りの客と見えるのに、なぜ髷に枕の痕《あと》がないのだ』というものだったというからな。まさに、シャーロック・ホームズ並みの観察力だ」

崇は笑ったが――。

奈々は、素直に驚いた。

というより。

本当にこの男は何者なのだろう。去年の原宿駅での観音菩薩の蘊蓄《うんちく》披露といい、先月の「鬼」に関しての蘊蓄といい、今度は吉原？

不思議そうな顔で見つめる奈々の視線を軽く流すと、崇は言う。

「『日に三箱散る山吹《やまぶき》は江戸の花』という、江戸川柳がある。これは、江戸では『吉原』『歌舞伎』『魚河岸』の三ヵ所で、一日に千両箱が三つ、つまり毎日三千両もの山吹――小判が落ちたという意味だ。ちなみに、吉原と歌舞伎は、当時の『二大悪所』と呼ばれた。もちろんこれは、幕府にとってという意味だがね」

「三千両というと……」

尋ねる奈々を、崇は見た。

「一両の現代への換算に関しては、さまざまな説がある。しかし一般的には、約三億円くらいだろうといわれている」

「一日で、三億円も！」

「素晴らしい経済効果だよな」宏樹も笑った。「おそらくその中でも、吉原が突出していたんだろうけど。材木商の紀伊国屋文左衛門《きのくにやぶんざえもん》や、奈良屋茂左衛門《ならやもざえもん》などは、妓楼を丸ごと一軒借り切る『惣仕舞《そうじまい》』『惣揚《そうあ》げ』などを、しばしば行っていたというから」

「妓楼を、丸ごと一軒？」

声を上げてしまった奈々に、

「それどころか」と崇は言った。「『大門を打つ』——吉原の町、全体を借り切ったりもしたという」

町全体を！

桁《けた》が違うというより、想像を絶する遊び方だ。

「しかし俺は」と崇は言った。「これには、彼らなりの理由があったんだと思ってる。おそらく、無意味な豪遊ではない」

「というと？」

「それは後でまた説明する」と崇は答える。

「また、吉原が移転してきてから、後に歌舞伎の座も、当初の日本橋から猿若町《さるわか》——現在の台東区浅草六丁目に遷《うつ》ったことで、完全に『二の裏は五』となった。実際に、原案も含んで吉原を題材とした歌舞伎には『助六由縁江戸桜《すけろくゆかりのえどざくら》』『壇浦兜軍記《だんのうらかぶとぐんき》・阿古屋《あこや》』『籠釣瓶花街酔醒《かごつるべさとのえいざめ》』『仮名手本忠臣蔵七段目茶屋場《かなでほんちゅうしんぐらしちだんめちゃやば》・祇園一力《ぎおんいちりき》』『廓文章《くるわぶんしょう》・吉田屋《よしだや》』『十六夜清心《いざよいせいしん》』『御所五郎蔵《ごしょのごろぞう》』など、きりがない。そんな相乗効果もあって、ますます吉原と歌舞伎は栄えた」

　今度は、歌舞伎の話までか……。

　更に崇は言った。

「ちなみに吉原の町は、東西南北に軸を置いた長方形でなく、約四十五度ずつ回転している」

　ああ、と宏樹が口を挟む。

「その点も不思議だった。何もない場所に新たに造り上げたんだから、普通の長方形にすればいいのにな。タタルは、その理由を知ってるか？」

「単純な話だ」崇はニコリともせずに答えた。「遊郭、つまり建物の壁に沿って布団を敷いて寝る限り、どちらを向いても『北枕《きたまくら》』にはならない」

「あっ」宏樹は叫んだ。「そういうことだったのか！」

　晴美もそれを聞いて感心したように頷いていたが、奈々も意表を突かれた。

　というより、そんなところにまで、細かく気を遣って造成されていたのか……。

　一方、崇は続ける。

「とにかくそんな吉原は、暮れ六つ——午後六時頃から、明け六つ——午前六時頃まで酒宴の続く、文字通り『不夜城』だった。妓楼からの明かりはもちろん、春になればメインストリートの仲之町の桜もライトアップされたし、中秋の名月や、玉菊灯《とう》

籠《ろう》、稲荷祭などなど、華やかな行事が目白押しだった。だから、松尾芭蕉《まつおばしょう》の第一の門弟といわれている、宝井其角《たからいきかく》は、

闇の夜は吉原ばかり月夜かな

などと詠んでいる。ちなみに、この句に関連しているのではないかと思える有名な都々逸《どどいつ》には、

卵の四角と女郎の誠あれば晦日《みそか》に月が出る

というものもある。その当時は太陰暦だったから、晦日——月末は新月と決まっていた。ゆえに『晦日に月が出る』ということは、絶対にあり得ない。それは四角い卵と、女郎——遊女が客を本当に好きになることがあるのと一緒だという歌なんだが、其角の句と微妙に絡んでいるような気もする。これに関しても、後で話そう」

崇は、またしてもそう言ったが、今までだけでもかなり話しているではないか。まだ、そんなに話すことがあるのか。

奈々が、心の中で首を傾げていると、

「こういった話だけ聞けば、いかにも吉原は華やいだ社交場のように思えるだろう」と崇は続ける。「だが、きみらも耳にしたことがあるように、吉原は単なる豪華《ごうか》絢爛《けんらん》な遊興場ではなかった」

「さすがに私も」奈々は、端っこから頷いた。「その辺りの話を、何となく聞いたことがあります。でも、具体的には知らないので、良かったら教えていただけますか」

「良かったらも何も」崇は、相変わらず素《そ》っ気《け》なく言う。「ここからが、吉原の本質だ。今までの話は、単なる序章に過ぎない」

序章！

「そう……なんですね」

そうだ、と答えて、崇は続ける。

「まず、吉原では何度も火災が起こっている。一説では、三百年間で三十六回。そのうち、大炎上が二十一回だったともいわれている。もちろん、夜を徹して行燈などの明かりを絶やさなかったためということもあるが、しかしその他にも、失火の原因の大半を占めている大きな原因があった」

「それは何ですか？」

「遊女の付け火だ」

「どうしてそんなことを！」

「もちろん」崇は奈々を見た。「彼女たちが、火事のどさくさに紛れて、吉原から脱け出そうと画策したからだ」

「えっ」

「吉原は完全に独立していたために、火事になっても、隣近所から誰も助けに来てはくれなかった。しかも、吉原には火消しが常住していなかったから、万が一にでも火が出たら、大事になるのは誰にでも分かっていたのに、あえて、火をつけた。そうまでしても、逃げ出したかった遊女たちが、大勢いたというわけだ」

「ああ……」

「基本的には、吉原には年季——いわゆる契約期間があって、十年と決められていた。だから、二十五、六歳になれば外に出られるはずだった。しかし、吉原の中にいる間に、また新たな借金をしなくては暮らしていかれなかった。そこで、なかなか年季が明けない。だから、運良く金持ちの人がお客になって身請け——大金を支払って、請け出してもらわない限り、吉原の中に居続けなくてはならなかった。しかも、さっき言ったように『お茶を挽く』ばかりだったり、病で倒れてしまったりした遊女は、行燈を収納しておく妓楼の奥の行燈部屋などに閉じ込められて、厳しい折檻《せっかん》を受けた。そして実際にそこで、飢えと衰弱のために命を落としてしまった遊女たちが、何人もいた」

「え……」

顔をしかめた奈々に「しかし」と崇は言った。

「それでもまだ、花魁を始め、妓楼に出られている遊女たちは良かった」

「と言うと……」

「そのまま年を取ってしまったり、あるいは梅毒を始めとする病に罹《かか》ったりしてしまった遊女たちは、吉原最下層の『羅生門河岸《らしようもんがし》』や『浄念河岸《じようねん》』と呼ばれる場所で暮らすことになった」

「羅生門——」

「鬼退治で有名な、源　頼光《みなもとのらいこう》の四天王の一人、渡辺綱《わたなべのつな》が、京の都の羅生門で鬼の腕を切り落としたということから名づけられたんだ。つまり、この河岸の近辺を歩いていると、待ち受けている遊女から、私を買ってくれと、腕を抜かれるくらい引っぱれるという意味から来ているという。そして彼女たちは、長屋のような造りの切見世《きりみせ》で、一人あたり二畳ほどのスペースの中で仕事をしながら、細々と生活していたらしい。一生を終えるまでね」

「そんな……」

想像していた以上に、遥かに凄惨《せいさん》な話ではないか。

奈々も、ある程度はそんなこともあるだろうとは思っていたが、これでは文字通りの地獄だ。

思わず涙を浮かべそうになってしまった奈々から視線を外すと、更に崇は続けた。

「男たちにとっては『極楽』だった吉原も、遊女たちにしてみれば『苦界《くがい》』だった。ゆえに彼女たちは、何とかして吉原から逃げ出そうと試みた。しかしさっき言ったように、百パーセント、四郎兵衛会所で捕まってしまう。すると彼女たちは、他の遊女への見せしめの意味もあって、筆舌に尽くしがたい折檻を受けた。これは、客との心中に失敗して生き残ってしまった遊女もそうだった。どこそこの遊女が、誰かと心中しようとしたなどという噂が立てば、その妓楼から客足が遠のくからな」

「…………」

もう言葉の出ない奈々の隣で晴美が、

「私、以前にテレビの特集で見たことがあります。遊女が、妓楼の庭の木に縛りつけられて、食事も与えられずに——」

と、硬い表情で言ったが、

「それはきっと」と崇は苦笑した。「番組の制作者が良く知らなかったか、あるいは知っていても、その現実の姿を茶の間に流すことができなかったからだろう」

「えっ」

「実際には、そういった遊女たちは、血反吐《ちへど》を吐《は》いて気絶するまで竹棒で殴りつけられたり、あるいは『つりつり』といって、両手両足を縛って梁《はり》から吊《つる》され、やはり竹棒で延々と殴り続けられたり、また吹雪の中を庭の木の枝に吊されたまま、何日も放っておかれたりもした。そんな、拷問のような折檻を受けた結果、瀕死《ひんし》どころか、そのまま命を落としてしまった遊女も大勢いたという」

「それじゃ、人殺しじゃないですか！」

「だが、吉原は治外法権。誰からも咎《とが》められることはなかった」

完全に押し黙ってしまった奈々たちに、崇は呟《つぶや》くように言う。

「それでも毎年、女性たちが吉原に入ってきた。女衒《ぜげん》、いわゆる人買いによって誘拐されてきた女性もいる。だが、多くの女性は貧しい家のまだ幼《おさな》い少女たちや、没落してしまった武家の娘たちで、自分が身を売らなくては一家全員が餓死してしまうというような状況に置かれていた女性だった。ゆえに、親兄弟を救うために頼まれて、あるいは自ら志願して、泣く泣く吉原に入った」

崇は淋《さみ》しそうに微笑んだ。

「吉原の遊女たちは、江戸の男たちの尊敬の的でもあったのは、もちろん遊郭ごとに和歌や書や、その他さまざまな知識を学ばされていたからということもある。しかし、根本的にはこういった事情があることを知っていたからだと、俺は思う」

そういうわけなのか。

奈々の頭の中で、吉原のイメージが造り変えられてゆく。

今までは、単に豪華絢爛な大人の遊び場――しかもどこかで読んだ本では、現在でいうとディズニーランドだ、などと書かれていたが、それはとんでもなく表層的なたとえではないのか。

確かに表面上はそう見えるかも知れないが、その奥には深い闇や悲しみが横たわっている。しかも吉原は、暗い闇夜の上に艶《あで》やかに、そしてきらびやかに飾られた、大きな幻影。しかも遊女たちにとっては、出入り口のない大きな密室――。

「ということは……」と奈々は尋ねる。「本当に遊女たちは、全く吉原の外へ出られなかったんですね」

「いや。そうでもない」

「えっ。でも、自由には出入りできないんでしょう」

「花見や祭りの際に、厳しい監視下にはあったが、ほんの数時間だけならば、出ることは可能だった」

「そういうことではなくて、もっと自由な時間を味わえるという」

「そうなると、三つの方法しかない」

と崇が言った時、地下鉄は三ノ輪駅のホームに滑り込んだ。

四人は立ち上がると、ドアへと向かう。

ドアが開いてホームに降り立ちながら、

「三つの方法って」奈々は尋ねた。「どんな方法なんですか？」

「さっき言ったように」

崇は改札口に向かって歩きながら、振り向きもせずに答えた。

「一つめは、年季明け。二つめは、身請けだ。しかしこれらは、どちらにしても滅多にない出来事だから、物凄く低い確率で、運の良い遊女だけの話だ。ゆえに、その他のごく普通の遊女たちにとっては、三番目の方法しか残されていなかった」

「それは？」

勢い込んで尋ねてくる奈々を冷たく見ると、崇は静かに告げた。

「死んで、浄閑寺へ投げ込まれる」

《春雷》

かごめかごめ
籠の中の鳥は
いついつ出やる
夜明けの晩に
鶴《つる》と亀《かめ》がすべった
後ろの正面だあれ――。

この童歌《わらべうた》に関しては、実にさまざまな解釈があるらしい。
しかし紫は、先日読んだ本にもあったように、吉原の遊女の歌だと感じている。格子の向こうから外を眺めている、色とりどりの派手な着物姿の遊女たち。見た目は華やかだが、実は――紫と同じように――自由気ままに外界を羽ばたくことの許されない「籠」に閉じ込められている女性だ。

ちなみに、この歌のもともとの歌詞の後半部分は、

「つるつる、つっぺった」

だったらしい。そして「つる」は隠語で「若い女性」、「つっぺった」は方言で「落ちる。入る」だそうだ。そして、ある解釈によれば「夜明けの晩に」は「夜明けの番人」。つまり「夜明け、番人に、若い女性（遊女）が犯されている」という意味になるのだと——。

一風変わったその説の真偽は定かではないが、もし「籠の鳥」が遊女を表しているとするならば、すんなりと納得できてしまう。

紫は、また違う本を手に取った。これもまた、江戸に関する本だ。

先日の勝山太夫の記事を読んでいた時に、勝山が年季明けで吉原を出たのが、明暦三年の夏頃と書かれていた。おそらく、全く無関係とは思うが、この年は例の「明暦の大火」が起こっている。そこで、何となく興味を惹かれて購入したのである。

紫が、イラストやカラーの挿絵入りの本を読んでいると、例によってインターフォンが鳴った。

今晩は、寛司だ。

紫が、いつものように作り笑顔で部屋に迎え入れると、寛司はくつろぎながら、何気なく紫の読みかけていた本に視線を落とし、こんな物を読んでいるのかと尋ねてき

た。そこで紫が、吉原の遊女の話がきっかけで……などという話をすると、寛司はパラパラとページをめくった。

しかし突然、後半の辺りでビクリと手が止まる。そして、硬い表情でページを見つめていたが、すぐに次の瞬間、つまらなそうな顔になってパタンと本を閉じ、紫を見て言った。

「ちょっと借りて行く」

紫が、まだ途中だから待ってと頼んだが、どうしても借りて行くと言ってきかない。一度言い出したら、もう決して人の意見を聞かないことは充分承知だったが、

「新しく買えばいいじゃない」

と抗議すると寛司は、

「ふん」と口を歪《ゆが》ませて嗤《わら》った。「こんなトンデモ本に、金を出せるものか」

「じゃあ、読まなきゃいいでしょう！」

だが、そんな紫を突き飛ばすようにして、寛司はその本を自分のカバンの中に入れてしまった。さすがに、もう我慢できずに、

「返してください！」

と怒鳴った紫を「うるさい」と叱りつける。そこで紫は、寛司のカバンに手を伸ばしたが、

「あっ」

寛司にビンタをくらった。

頬を押さえながら、紫は呆然と寛司を見つめた。

たかが本一冊のことで、女を殴るなんて！

大声で怒鳴る紫に向かって、最初は寛司も言い返していたが、急にとんでもないことを口にした。

「おまえは、谷垣をどう思ってる」

えっ、と虚を突かれて紫は、うろたえてしまった。

「ど、どうもこうもないわ。あなたの秘書でしょう」

「そういう意味ではない。男として、どう思うかと訊いているんだ」

「全く何も」紫は笑ったが、顔が引きつるのを自分でも感じた。「と、とにかく今は、関係ない話でしょう！　まさかあなた、私を疑っているの？」

ああ、と寛司は頷いた。

「疑ってる」

「じゃあ」と紫は鼻で嗤う。「私の言葉が信用できないと言うなら、勝手にすれば」

冷たく突き放した紫に向かって、寛司も低い声で答えた。

「そうだな。では、勝手にさせてもらうとしよう」

数時間後。

谷垣のもとに、寛司から電話が入った。

「私だ」寛司は言ったが、珍しいことに、声が微《かす》かに震えていた。「急ぎ、紫のマンションまで来てくれないか。大至急だ」

《凄春》

遊女が吉原を出るためには、

死んで、浄閑寺に――。

その言葉の意味に、奈々の背すじを冷たい物が走った。

「でも、それって――」

改札口へと続く長い階段を上がりながら問いかける奈々を無視するように、崇は足早に改札を出た。

「タタルさん」晴美も尋ねた。「浄閑寺は、ここから近いんですか？」

その言葉が終わるか終わらないかのうちに、崇は角を曲がると左前方を指差した。

「あそこだ」

「えっ」

改札を出て、徒歩一分も行かない場所に、こぢんまりとした瓦葺《かわらぶ》きの山門が見えた。そこが、遊女の投込寺――浄閑寺。

奈々は緊張しながら近づき、辺りを見回しつつ山門をくぐろうとした。すると、門の手前左側にひっそりと立っていた小さな石の地蔵に目が留まった。

その視線に気づいた崇が、説明する。

「小夜衣《さよぎぬ》供養の地蔵尊だ。放火の罪を着せられて、火炙りの刑に遭った遊女だ」

「え……」

「吉原京町一丁目、四つ目屋善蔵《ぜんぞう》の抱え遊女だったが、妓楼に火を放った罪で捕らえられて、火炙りになった。しかし、真犯人は他にいたのではないかといわれている。何故かというと、彼女の年忌法要の度に、その妓楼から火が出たからだ」

「年忌法要の度に、ですか」

つまり……彼女の「祟り」というわけだ。

そして「祟る」ということは、彼女は強い恨みを持っていた、つまり無実だった可能性が高くなる。

「その結果」と崇は言った。「その妓楼は、廃業せざるを得なくなってしまったという。これは、小夜衣の怨念のせいだと、江戸中の話題になった」

「恐い……ですね」

身震いした奈々に、

「しかし」と崇は言った。「これはおそらく、小夜衣が罪を着せられて殺されたことを承知していた仲間たちが、わざと法要の時期を狙《ねら》って火をつけたんじゃないかと俺は思ってる。そうやって、彼女の怨念を晴らしてあげていたんじゃないか」

「ああ……」

なるほど、と奈々は納得する。

おそらく、そういうことに違いない。

その結果、彼女が働かされていた妓楼も閉鎖された。しかも、火付けの犯人は別にいるということを吉原、いや江戸中にアピールできたのだから。

しかし。

どちらにしても、山門をくぐる前から辛い話だ。

奈々は目を閉じると地蔵に向かって手を合わせて、崇の後に続いて浄閑寺に入る。

境内《けいだい》正面には立派な本堂が、右手には広い駐車場があり、左手奥に見える墓所が、遊女たちの眠っている場所らしかった。

「この寺は」と崇が説明する。「正式には『栄法山清光院《えいほうざんせいこういん》浄閑寺』と号して、久しく増上寺《ぞうじょうじ》の末寺だった。しかし現在は、浄土宗知恩《ちおん》院に属している。開基は明暦元年（一六五五）だが、安政二年（一八五五）の大地震の際に、多くの新吉原の遊女が投げ込むように葬られたことから『投込寺』と呼ばれるようになったんだ。だが、もちろんそれ以前から、沢山の遊女たちの遺体が運ばれて来ては、ここに埋葬されていた。特に、さっき言ったような大火事が起こったりすると、吉原では遊女たちの脱走を防ぐために大門が閉じられてしまい、火から逃げようとした何百人もの遊女たちが、吉原内の池に飛び込んで溺死《できし》してしまったこともあったというからね」

え。

火事であっても、遊女の脱走を防ぐために大門を閉じる……。

顔をしかめる奈々を振り向きもせずに、崇は進んで行く。

そんな墓所の入り口には「浄閑寺史蹟《しせき》」と書かれた立て札があり、寺内にある史蹟が書かれていた。

「とにかく」と崇は言う。「約二万五千人の遊女たちの墓所、『新吉原総霊塔』へ向かおう」

奈々も、その言葉に緊張しながら門をくぐる。

すると、入ってすぐ右手足元に「若紫《わかむらさきの》 之墓《はか》」と刻まれた墓石があり、綺麗な花が上がっていた。

崇はその前で立ち止まると、持っていたセカンドバッグの中から線香を数本取りだしてライターで火を点け、墓前に手向けた。

「あの……」奈々は、目を丸くして尋ねる。「それ、いつも持っていらっしゃるんですか？」

「煙草を吸うからな」

「いえ。ライターではなくて、お線香……」

ああ、と崇に代わって宏樹が苦笑しながら答えた。

「タタルの趣味らしいから」

寺社巡りと墓参り——という話は聞いた。

でも。

だからといって、お線香を常に携帯している？

不思議な顔で見つめる奈々を、そして宏樹たちを見返すと、

「ああ、そうだ」と言って崇は、ポケットから小さな丸いケースを取りだした。「きみらは、どうせ線香を持っていないだろうから、これを塗るといい。手を出して」

「？」

キョトンとする奈々たちの手のひらに崇は、ケースから茶色い粉を振り出した。ふわり、と良い香りが鼻に届く。もしかしてこれは、お香……？

「塗香《ずこう》だよ」問いかけようとした奈々に、崇は言った。「両手のひらに、良く擦《す》り込んで。さあ、行こうか」

そこで奈々たちは、沈香《じんこう》の清らかな香りに包まれたまま、左右両側にずらりと並んだお墓を横目に、狭い通路を進んだ。

やがて右手に、立派な供養塔が見えた。石垣のように、ぐるりと巡らされた納骨室の前には唐破風《からはふ》が飾られ、庇《ひさし》の下に小さな菩薩が立っていた。そして頭上の梁には、お参りした人たちがお供えしたのだろう、たくさんの指輪や櫛やネックレスが置かれていた。

奈々は、それらの供物を目にして、少しだけだが心が和んだ。今もこうして、彼女たちのことを心にかけてくれている人々が、実際にいるのだ……。

崇は、またも線香を手向け、奈々たちも手を合わせて祈る。祈り終わって見上げると、納骨室の上には石の蓮華《れんげ》があり、その上に建てられている塔には「新吉原總霊塔」と刻まれていた。そして視線を戻せば、総霊塔の前面右には黒っぽい石板がはめこまれている。

それを眺めていた奈々に「明治末から昭和の川柳作家、花又花酔《はなまたかすい》の有名な句だ」と崇は説明する。

そこには、

「生れては苦界
死しては浄閑寺」

と刻まれていた。

奈々は、思わず胸が詰まる。

この、わずか十三文字の句ともいえない句には、遊女たちの深い慟哭《どうこく》が、そして作者の強い憐憫が、凝縮されているような気がする――。

そんな奈々の隣で崇は、

「この、総霊塔納骨室の中には」と皆に説明した。「歌舞伎『籠釣瓶《かごつるべ》花街《さと》酔醒《のえいざめ》』のモデルになった『八ツ橋』も眠っているといわれている。また、あちらの場所には『双蝶々《ふたつちょうちょう》曲輪日記《くるわにっき》』で有名な侠客《きょうかく》、濡髪長五郎《ぬれがみちょうごろう》や、『浮世柄《うきよづか》比翼稲妻《ひよくのいなずま》』の中の『御存《ごぞんじ》鈴《すず》ケ森《もり》』に登場する白井（平井）権八《ごんぱち》を親の仇《かたき》として狙っていたが、返り討ちに遭ってしまった助七・助八兄弟の墓もある」

長い説明をする。

確かに吉原と歌舞伎は縁が深かったようだ。

再確認しながら、奈々がふと後ろを振り返ると、そこには荷風の、こちらも長い文学碑があった。

「今の世のわかき人々
われにな問ひそ今の世と

また來る時代の藝術を。
われは明治の兒ならずや。
その文化歴史となりて葬られし時
わが青春の夢もまた消えにけり。――」

と続く荷風の文章が延々と刻まれ、その横には祈念碑や筆塚もある。

「吉原のエピソードなどが書かれている、荷風の『断腸亭日乗《だんちょうていにちじょう》』では――」

と崇が言った。

「『この寺こそ、薄命の娼婦が骨の朽ちぬべきところであるのだ』と言っている。妓楼で亡くなった遊女の遺体は、吉原の中で捨てるに捨てられないために、裏口からそっと運び出されて浄閑寺へ運ばれた。だから『いづれにしても、悲惨極まりなきは、青楼の娼婦がその身の果てである。かかる点から見たら、じつに遊廓ほど、悲しくもまた怖ろしいものはないのだ』――とね」

返答に詰まる奈々から視線を逸らせると、崇は更に言う。

「吉原では、先ほどの小夜衣のように、おそらくは無実の罪を着せられて刑場に送られた遊女、または栄養失調や疫病《えきびょう》や梅毒、あるいは堕胎《だたい》の後遺症などで、命を落とす遊女が多かった。しかしその他にも、手首を切ったり首を吊ったりして自殺した者も大勢いたし、またそう見せかけて殺された遊女も何人もいたようだ」

「そう……見せかけて？」

ああ、と崇は頷いた。

「何らかの秘密を、客との寝物語で知ってしまったために、後日、自殺に見せかけて殺された」

「自殺に？」

「もちろん、記録に残るわけもないが、おそらく相当数いたんじゃないかな」

静かに答える崇の言葉を受けながら、奈々たちは沈鬱な気分に包まれて、もと来た道を戻る。

奈々は、また日を改めてゆっくり訪れよう、と心から思った。今日は、余りにも予備知識なしでやって来てしまった。次回は、きちんと勉強してから足を運ばなくては。そうしないと、ここに眠っている人たちに対して失礼だ。

そんな気持ちになっていた——。

再び四人で、駐車場隣の広い境内まで戻ると、崇は煙草に火を点けて一服する。その横で晴美が宏樹に向かって、恐々と尋ねた。

「それで……幽霊は、どの辺りに出るというんですか……」

そうだ。

こんな場所に出るという、自殺した若い女性の幽霊など、洒落にならない！

奈々も聞き耳を立てていると、

「ああ」と宏樹が答えた。「本堂から、墓所の入り口辺りらしいよ」

「ちょうど、この辺じゃないですか！」

「ぼくは見たことがないから、あくまでも噂だけどね。でも、何人もの人が、目撃したと言ってる」

「でも！　どうしてまた、この浄閑寺に？」

「その女性の住んでいたマンションが、ここからすぐ近くだったからね。ほら、あそこだよ」

宏樹が指差す方向を見れば、大きく立派なマンションが一棟建っていた。確かに、外見からして豪華そうだ。

「その女性の」と晴美が尋ねる。「自殺の原因も、まだ分からないんですよね」

「ああ。そうらしいね」

宏樹の返答を聞いた奈々は何となく、彼が言い淀んだ気がした。いや、それは気のせいだろう。もう一人の男性、祟がペラペラと淀みなく喋っていたせいだ、と自分で納得した。

「それで」と晴美は、顔をこわばらせて更に尋ねる。「小澤さんのお家《うち》も、この近くなんですよね……。恐くないですか」

「あのマンションとは、少し離れているからね。ぼくがあんな所に住んでいたら、きみらを招待するよ。でも、今のぼくの部屋は無理。多分、比較にならないほど狭いし、汚いし」

宏樹は笑ったが、おそらくそうかも知れない。多少の謙遜はあるにしても、目の前のマンションは——奈々にその価格は分からなかったが——こうやって外から眺めても、かなり豪華だった。

そんな話をしているうちに、煙草を灰皿に捨てた崇に向かって、奈々は尋ねた。

「そういえば、タタルさん。さっき、吉原の投込寺は、ここ浄閑寺だけじゃないっておっしゃっていませんでしたか？」

そうだな、と崇は勝手に歩きだしながら言った。

「きみらは、まだ時間があるか？　あるなら、もう少し移動して話をしよう」

「え？」

奈々と晴美は、顔を見合わせた。

そして、こそこそと相談した結果、奈々は、まだ時間は早いけれど、今日の買い物は後日に回そうと提案した。これから買い物を楽しむような気分ではなくなってしまったし、本心を言えば、ちょっと崇の話に興味を惹かれ始めていた。

そこで、

「はい」と二人を代表して、晴美が答えた。「タタルさんたちが構わなければ、二人で、ご一緒します」

「それは良かった」

「でも、どこへ？」

「浅草だ」崇は、当然のように返答する。「ここから地下鉄で、十五分もかからない」

晴美は奈々を見たが、奈々は大きく首肯した。

浅草ならば、新橋経由で自宅まで一時間ちょっと。何の問題もない。

「しかし」と宏樹が尋ねる。「浅草に、そんな寺があったか？」

「いいや。今は、もうなくなってしまった」

「ということは」と奈々が訊く。「その跡地へ？」

すると、奈々の予想に反して崇は、真面目な顔のまま大きく首を横に振った。

「喉《のど》が渇いた」

「は……」

「何か飲みながら、話の続きをしよう。きみらも少し、お腹が空いただろう」

「でも……。どこへ？」

キョトンと見つめる奈々に、崇は言う。

「神谷《かみや》バー」

「えっ」

「永井荷風の話をしていたら、立ち寄ってみたくなった」

「は？」

「神谷バーは」と崇は言う。「台東区浅草一—一—一にある、明治四十五年（一九一二）に、日本で初めて営業を始めたバーで、萩原朔太郎《はぎわらさくたろう》なども、歌を残しているほど有名な店だ」

いや！

そういうことを聞きたいのではない。

それに「バー」ということは、お酒を飲む？

まだ、午後三時過ぎ。陽も落ちていない、こんな時間から？

唖然とする奈々を見て、宏樹と晴美は「やっぱり」と苦笑して肩を竦めた。

ということは、崇を知る人間にとっては、決して驚愕するような珍しい出来事ではないらしかった。

浅草に出た奈々たちは、四人揃って「神谷バー」に入る。

入ったのは良いが、奈々は入り口で腰を抜かしそうになってしまった。外はこんなに明るいのに、店では殆どの客が酒を飲んでいる。

それどころか、もうすでにすっかり出来上がってしまって、真っ赤な顔で楽しそうに盛り上がっている年配の男性グループまでいるではないか！

呆然とその光景を眺めていた奈々を促《うなが》すようにして、全員で店の奥のテーブルにつく。奈々と晴美は、二十歳に一年足りないのでウーロン茶を。宏樹は生ビール。そして崇は、

「デンキブランと、生ビール」

と注文する。

「電気ブラン？」

首を傾げる奈々に、崇が説明した。明治十五年（一八八二）に製造された神谷バー特製のカクテルで、ブランデーをベースに、ワインやジンやキュラソーなどが配合されている酒らしい。アルコール度数は、三十度もあるという。

そして、一緒に注文した生ビールは、

「チェイサー？」

奈々は思わず素《す》っ頓狂《とんきよう》な声を上げてしまったが……周囲を見れば、小さなグラスに入ったデンキブランらしき琥珀《こはく》色の飲み物を頼んでいる客は、誰もが生ビールを一緒

に頼んでいた。中には、一リットル入りの大ジョッキをチェイサーにしている壮年の強者《もさ》もいた。

軽いつまみを何点か注文し、飲み物が運ばれてくると四人は、静かに乾杯した。奈々は皆に、先ほどの浄閑寺の感想を伝え、再び崇に、投込寺に関して尋ねる。

崇は、デンキブランを一口、そして生ビールをチェイサーにしてぐいっと飲むと、口を開いた。

「ここからすぐ近くに、待乳山聖天《まっちやましょうでん》という寺院があるんだが、名前を聞いたことはあるか？」

先月の事件の時に、崇が言っていた寺だ。

ええ、と晴美が微笑む。

「大根をお供えする、珍しいお寺ですよね。テレビで見ました。今は、良縁祈願、恋愛成就のスポットだって、大学生やＯＬが大勢やって来るそうです」

「しかし、江戸の川柳では

聖天は娘の拝む神でなし

吉原の本地はまこと待乳山

などと詠まれてる」

「えっ」奈々は首を傾げた。「どうしてですか？」

「この寺の寺紋は、組み合わされた二股《ふたまた》大根と、巾着《きんちゃく》だ」

「……それが何か？」

「この紋に関して『大根』は、人間の体に溜《た》まった毒を排出する、そして『巾着』は、商売繁盛の財宝だと説明されている。だが、これらが何を表しているのかは、言うまでもなく明らかだ」

「というと……」

もちろん、と崇はデンキブランを一口飲む。

「セックスと、女性器」

ブッ、とウーロン茶を噴《ふ》き出してしまった奈々は、大慌てで店員を呼んで布巾《ふきん》をもらい、テーブルを拭《ふ》いた。食べ物や飲み物にかからなくて幸いだったが、もしかすると、正面の崇のジョッキに少し飛び込んでしまったかも知れない……。

「す、すみませんでした！」

奈々は謝ったが、まさかいきなりそんな単語が飛び出すとは、思ってもいなかったのだ——。

しかし、

「なるほどね」宏樹は頷いた。「だからこそ『娘の拝む神』でなく『吉原の本地』というわけなのか」

そうだ、と崇はジョッキを傾けながら答えた。

「そして、この寺でもまた、大勢の吉原関係者が葬られた。というのもここは、西方《さいほう》寺という寺の、ほぼ隣に位置していたからだ」

「西方寺……」

「現在この待乳山聖天は、浅草寺の子院の一つになっているが、江戸時代の中期には、聖天の祀《まつ》られている小山を、海に浮かんだ舟の上から一目で見つけることができたという、とても立派な寺院だった。そして、隣接していた西方寺は――」

「もしかして、それが！」奈々は叫んだ。「もう一つの投込寺？」

そうだ、と崇は頷いた。

「道哲《どうてつ》和尚という僧が開基した寺で、当時の猿若町の近く、浄閑寺とは吉原を挟んで、ほぼ対称の場所にあった。更に、この寺の近くには浅草刑場もあったから、その遺体も寺に運ばれたらしい」

「刑場ですか……」

顔をしかめる奈々を見ると、

「それに関して言えば」と崇は言った。「ここ、吉原だけではなく、江戸中、大抵の遊郭近くに刑場があった」

「えっ」

「たとえば、東海道、奥州街道、日光街道、甲州街道、中山道《なかせんどう》といった『五街道』の出入り口には、宿場が必ず置かれていた。いわゆる『江戸四宿《ししゅく》』だ」

「五街道なのに、四宿？」

「奥州街道と日光街道は、途中から分かれるからね。江戸を出発する道は、全部で四本だ」

「そういうことなんですね」と奈々は頷く。「つまり、全ての街道の出入り口に、宿場があって……」

そこには必ず、遊郭もあったというわけだ。

奈々の言葉に崇は首肯すると、

「この『江戸四宿』は」と、指を折った。「東海道は品川《しながわ》宿。奥州街道・日光街道は千住《せんじゅ》宿。甲州街道は内藤新宿《ないとうしんじゅく》。中山道は板橋《いたばし》宿だ。そして、品川宿の近くには、かの有名な鈴《すず》ヶ森《もり》刑場がある。慶安《けいあん》四年（一六五一）の丸橋忠弥《まるばしちゅうや》の磔《はりつけ》から始まって、明治四年（一八七一）に閉鎖されるまでの二百二十年間で、およそ二十万人もの罪人が処刑されたといわれている」

「二十万人も！」

「しかも、そのうちの四割ほどの人々は、冤罪《えんざい》だったともいわれている。あるいは、自分の村や家の存続のために自ら罪を被《かぶ》って処刑された。事実、鈴ヶ森刑場最後の刑死者、渡辺健蔵《わたなべけんぞう》などは、明治政府の悪政に苦しんでいる人々を救おうと、皇族に直訴したために、斬首《ざんしゅ》の後ここで首をさらされた」

「そんな……」

「ちなみに、ここには今も、八百屋お七や平井権八が処刑された痕跡《こんせき》が残っている」

「え……」

絶句する奈々から視線を外すと、崇は更に続けた。

「その他、詳細は省くが、千住・吉原近くには、骨《こつ》ヶ原《はら》——小塚原《こづかっぱら》刑場がある。ここでは、幕末の志士・吉田松陰《よしだしょういん》を始めとして、やはり二十万人近くの人々が処刑されている。また、板橋宿近くには、新撰組《しんせんぐみ》局長・近藤勇《こんどういさみ》が処刑されたことで有名な板橋刑場がある。そして内藤新宿の甲州街道沿いには、鈴ヶ森、小塚原と並ぶ『江戸三大刑場』の一つである大和《おおわ》田《だ》刑場があった。このように、必ずといって良いほど宿場、つまり、遊郭の近くには刑場が置かれていたんだ」

「単なる偶然……ではないですよね」

恐る恐る確認する奈々に向かって、

「もちろんだ」と崇は断定する。「幕府は、あえてそういった場所に設置したんだ。これから江戸の町に入って来ようとする旅人の目に、獄門台にさらされた生首や磔台が、はっきりと見えるようにね。つまり、江戸に足を踏み入れる以上、幕府の命に従わない奴らは、容赦なくこういう目に遭うということを明確に主張した」

そういうことだ。無言の恫喝《どうかつ》。

そして一方では、華やかな遊郭が置かれた。

まさに光と闇の町、江戸……。

心の中で頷く奈々の向こうで、

「そんな刑場の近くにあった投込寺——西方寺の話に戻れば」と崇は言う。「道哲和尚は、それらの遺体を区別することなく、一体一体丁寧に供養し、埋葬したといわれてる。現在は、豊島《としま》区・西巣鴨《にしすがも》に移ってしまったがね。ちなみにそこには、道哲を尊崇《そんすう》していた伝説的花魁、高尾《たかお》太夫の墓もある」

冗談ではなく、凄い話になってきた。

じっと耳をすませる奈々の前で、

「ゆえに、待乳山聖天の御利益《ごりやく》は『恋愛成就』なんだろう。遊女たちには、殆ど手の届かなかった願望だからな」

これも、先月聞いた。

心優しい神たちは、自分たちが叶《かな》わなかった夢や願望、を叶えてくれようとするのだ——と。

納得する奈々の前で、崇は言う。

「そこにはおそらく浄閑寺同様、心中に失敗した遊女たちも葬られていただろう」

「心中失敗……」

「吉原では、客と真剣に愛し合うようになった遊女も、当然数多くいた。何しろ、幼い頃から吉原に連れれて来られて、男性といえば、殆どが客としてやって来る者としか接触がなかったわけだからね。そんな相手と、恋にも陥《おちい》るだろう。しかし、そうなってしまったものの、年季明けも望めず、身請けも不可能な状況であれば、彼女たちに残された手段はたった一つ」

「それは？」

「心中だ。あの世で一緒になる」

予想はしていたが……。

またしても心が沈む奈々の前で、崇は言う。

「但し正確に言うと『心中』という言葉は、男女がお互いに誠実な愛情を示し合う行為を指していた。やがてそれが、一緒に自殺するという意味に変遷していったんだ。指切りや、約束の言葉を書いた起請文《きしようもん》などではなく、本当に命を懸けた行為にね。そして、一旦心中すると決めた以上、失敗は決して許されなかった」

「なぜですか？」

「心中した男女の遺体は葬式を行うことも許されないほど、幕府がこの行為を固く禁じていたからだ。そのために、心中未遂で生き残ってしまった人間は、両手を背中で縛られ、罪状が墨書された立て札と共に、日本橋のたもとに三日間晒《さら》された。しかもその三日間、完全に無抵抗状態の彼らは、乱暴され放題だったという。もちろん、性的にもね」

「え……」

「その後、男は当時最下層の身分だった非人の手下にされ、女は年季明けなしの遊女として吉原に送り込まれ、文字通り『死ぬまで』働かされた。故《ゆえ》に江戸川柳でも、

死すべき時死なざれば日本橋

と詠まれたほど、心中未遂の顚末《てんまつ》は、筆舌に尽くしがたいほど悲惨だった」

でも！　と奈々は眉を顰めながら尋ねる。

「どうして心中が、それほどまで厳しく罰せられたんですか？」

「男と女が、命を懸けて激しく愛し合った結果としての行為だったからだ」

「それは賞められこそすれ、決して罰せられることではないでしょう」

「その当時の、身分制度だ」

「えっ」

「全てを捨てて、つまり身分をも乗り越えて愛し合おうなどという行為を見逃してしまったら、江戸幕府の敷いていた、階級・身分制度が崩壊してしまうじゃないか。だから、さっきの刑場の獄門台に、生首を並べてさらすのと同様に、見せしめの意味でも厳罰に処した」

「ああ……」

これは、とんでもない話になってきた。

吉原には、そういう女性たちも大勢働いていたということだ。その上、年季明けなし。崇が言っていたように、羅生門河岸で死ぬまで過ごす。それはまさに、
生れては苦界、
死しては浄閑寺——西方寺、だ。

ということは。

待乳山聖天を含めたこれらの寺は、自分たちの願望成就だけを祈るようなパワースポットなどでは決してない。

奈々は強く思う。

そこに眠る人々への鎮魂。祈りの場だ。

それ以下でもそれ以上でもない……。


その後、崇と宏樹は、実際の遊女や花魁——先ほど名前の出た、高尾太夫や、当時のトップスターだったという勝山太夫などの話をした。特に勝山太夫などは、美しく才能もあり、江戸中誰もの憧れの的だった——。

そんな会話を聞くともなく聞いていた奈々は、どこか昔懐《なつ》かしい味のポテトサラダを口に運びながら、何気なく呟いた。

「じゃあ、その勝山という花魁は、まれに見るほど幸運だったんですね」

「どうして?」

尋ねる崇に、奈々は答える。

「だって、あっという間に年季が明けたということでしょう」

「え」

「今、おっしゃったじゃないですか。明暦三年(一六五七)に出たって。通常は十年以上勤めなくてはならないのに、たった数年、あるいは数ヵ月で年季明けなんてとっても——」

その言葉に、

ブッ、と崇はビールを噴いた。

奈々は反射的に、自分のウーロン茶のグラスに手のひらで蓋《ふた》をする。

セーフ。中には入らなかった。

そこで店員を呼ぼうとしたが、

「何だって!」

崇が身を乗り出してきた。奈々の顔のすぐ近くで、崇の長い睫《まつげ》が揺れる。思わず体を引いた奈々を気に留めもせず、

「ああっ」

今度は大きく椅子に寄りかかると、崇はボリボリと頭を掻《か》く。ボサボサの髪が、更に混沌《こんとん》とした状態になる。

その間に晴美が店員を呼んで、改めてテーブルを拭いてもらった。奈々が、目の前のポテトサラダはもう諦《あきら》めた方が良いなと思っていると、

「つまりそういうことだな」崇は、頭を抱えたまま脱力したように呟いた。「何てことだ……」

《春影》

いかにも誠実そうで、真面目。

警視庁捜査一課警部補・岩築竹松《がんちくたけまつ》が、谷垣治から受けた第一印象が、それだった。

そして、リビング隣のバスルームには、真っ赤に染まったバスタブに寄りかかるようにして絶命している、若く美しい女性。若山紫、二十六歳。

こうしてみれば、確かに美男美女のカップルだし、二人の関係を簡単に聞いた。しかし……どことなく違和感がある。

臭うのだ。

まだ四十前の岩築だったが、その辺りは勘が鋭い。

「それで」と岩築は、肩を落として頭を抱えている谷垣に尋ねた。「もう一度確認させていただきますが、あなたが彼女を訪ねてこの部屋に入ったら、既にこのような状況になっていたと？」

はい、と谷垣は手帳を取り出す岩築の手元にチラリと視線を送ると、答えた。

「この前来た時も、少し様子がおかしかったので、心配はしていたんです」

「それは、何日前ですかね」

「三日前です」

「こんな事件を起こしそうに感じた？」

「起きてもおかしくはないな、と。つき合い始めて五年になりますが、あんな雰囲気は初めてだったもので」

「紫さんが服用した睡眠薬は、彼女の物ですか？」

「……いえ。私の常用している物です」

嘘を吐いた、と岩築は直感する。

だがこの点は、病院や薬局で確認すれば、すぐに分かる話だ。心の中でそう思って、質問を続けた。

「それで谷垣さんは、どなたか国会議員の秘書をなさっていると伺いましたが」

ええ、と谷垣は首肯した。

「有賀……有賀寛司先生です」

「ああ」岩築の太い眉が、ピクリと動いた。「あの、高名な先生ですか――」

「はい」

と答える谷垣を見て岩築は〝面倒だ〟と再び直感した。

有賀家は、確か三代続いている国会議員の家ではなかったか。特に寛司は、完全に親の地盤を受け継いで、地元では毎回トップ当選を続けている「お坊ちゃん」議員だ。こつこつと真面目に叩《たた》き上げてきた岩築が、最も嫌いなタイプの人間だった。

しかも、それに伴ってきな臭《くさ》い噂が、毎回のように出回っている男だ。ひょっとすると、今回の事件に一枚噛んでいないとも言えない……。そこで尋ねる。

「亡くなられた紫さんの遺書が見つかっていないようなので、こちらのお部屋、全てを鑑識に調べさせたいんですが、よろしいですね」

「つまり」と谷垣は岩築を見た。「指紋を採取するということですね」

「そうです」

いや、と谷垣は大袈裟に顔を歪めた。

「実を言いますと……紫は、私の恋人でもありましたが……この部屋には色々な方々も出入りしていました」

と言って、身を乗り出すと声を落とした。

「政財界の」

「たとえば？」

「それは」谷垣は視線を逸らせた。「さすがに、お答えできません」

「……なるほど」

あの美しい女性は、政財界の大物たちの接待役を務めていたということを言いたいのか。現代のコンパニオンや、あるいは昔の遊女のように。

「なので」谷垣は、真剣な眼差《まなざ》しのまま小声で続ける。「この部屋からは、さまざまな方たちの指紋が見つかると思いますが、まさか、ご本人と照合できないと思います。それに運良く照合できたとしても、それを発表することは殆ど不可能ではないか、と」

そういうことか。

この程度の事件——若い女性が「発作的に」自殺した事件——ならば、いくらでも握りつぶせるというわけだ。

「では」と岩築も食い下がる。「バスルームの中だけでも」

「それならば」と谷垣は、納得したように大きく頷いた。「ぜひ、よろしくお願いします」

その言葉を受けて岩築は、鑑識を呼ぶ。

おそらく、紫以外の指紋は出てこないだろうが、やるべきことはやっておく。そしてきっと後日、「上」から何らかの指示があるだろう。もうその辺で、止めておけと。

しかし、今できることは全部やる。それが自分の仕事だと言い聞かせながらも、岩築は、ギリッと奥歯を噛んだ。

《残春》

「何がどうしたんだ、タタル？」

二杯目の生ビールを空けながら、ほろ酔い気分で問いかける宏樹に向かって、

「勝山太夫だ」

そう言って、崇も何杯目かのデンキブランを空けた。

そして更にお代わりを注文しながら、奈々たちに向かって勝山太夫に関する数々のエピソードを詳しく話した——。

「まさに」話し終わると崇は、チェイサーの生ビールを飲む。「シャーロック・ホームズだ」

「どうして、ここでホームズが出てくるんだよ」

呆れたように尋ねる宏樹の言葉に、

「単純な話だった」と崇は、大きく嘆息した。

「当時、吉原のトップスターだった勝山太夫は、年季が明けて廓を、そして江戸を出

て幸せに余生を送ったといわれてる。『籠の鳥』状態から解き放たれたんだとね。しかし今、彼女が言ったように」

と言って奈々を見る。

「わずか三、四年で年季が明けるなどということはあり得ない。というより、そもそも勝山太夫に年季があるということ自体が変だ。というのも彼女は、山本芳順にスカウトされて、吉原にやって来ているわけだから」

「確かにそうだった」宏樹も素直に頷く。「売られてきたわけじゃないんだから、そもそも年季という概念がおかしいな」

「だが彼女は『年季明け』で、吉原を後にしたと言われてる」

「勝山太夫が、例外中の例外だったからじゃないのか？」

「例外など、あるものか」崇は吐き捨てるように言った。「あの、伝説の高尾太夫ですら身請けを待ち、しかもその後に斬殺《ざんさつ》されてしまっているんだ」

「じゃあ……どういうことだ？」

「今言った高尾太夫のように、もしも身請けされていたら、当時トップスターの勝山だ。一体誰が、そんな僥倖《ぎょうこう》に恵まれた男なのかと皆に羨ましがられて、吉原中が大騒ぎになる。それに、身請け代も相当な金額になるはずだ。おそらく、現在の金額に換算すれば億単位になるだろう」

「億単位！」

　間違いなく、それだけでも大ニュースだ。

「また、ある説によれば、勝山は男装して吉原を抜けた、という話もある。これは、日頃からの勝山の気っぷの良さからの連想だろうが、ほぼ不可能だ」

「四郎兵衛会所ですね」

　奈々の言葉に崇は「そうだ」と頷くと、

「更に」と続ける。「会所の前には同心――いわゆる警察官が常駐していた面番所もあった。だから、どんなにうまく変装しようが、大門は決してくぐれない」

「でも、そうするとおかしいじゃないですか」奈々は尋ねる。「年季明けでもなく、身請けでもなく、もちろん逃げ出したわけでもないのに、花魁のトップが突然、消息不明になってしまうなんて」

「もちろん、吉原で亡くなっていれば」晴美も言う。「それはそれで、ニュースになりますよね。でも、それもなかったんでしょう」

　ということは、と宏樹が笑った。

「勝山太夫は、吉原という豪華絢爛な密室状態の館から、忽然《こつぜん》と姿を消してしまったというわけか。壮大なミステリーだ。それでタタルは、シャーロック・ホームズと言ったのか」

いや、と崇は否定する。

「ホームズの言葉だよ。『ありそうもないことを消去してしまえば、あとに残るものが、いかに信じがたいものであろうと、真実に違いない』――という」

「じゃあ……勝山太夫は、どうなったと言うんだ？」

「当然、たった一つ残っている可能性」

崇はグラスを一息に空けると、静かに答えた。

「死、ん、で、い、た、ん、だ」

えっ。

奈々は息を吞む。

「で、でも！　それなら晴美が言ったように、大ニュースになるんじゃないですか。葬儀だって、盛大に行われたでしょうし」

「しかし、そうはならなかった」

「どうしてですか！　その理由は？」

「一つだけ、考えられるのは」と崇は、奈々を見て答えた。「極秘裏に殺された」

「え……」奈々は一瞬固まる。「ということは、暗殺……」

そうだ、と崇は真剣な顔で言う。

「故に勝山の死は伏せられ、いつしか吉原から消えたことになった。だが、さすがにそれもおかしいということで、どう考えてもあり得ない『年季明け』という理由がつけられたんだろう。その上で、さっき言ったような承応二年（一六五三）には吉原に入っていたという『噂』も流された。それに関して、吉原でも色々と囁《ささや》かれていたに違いないが、誰も深くは突っ込まなかった。いや、恐ろしくて突っ込めなかった」

「だが」と宏樹もジョッキを傾ける。「そうだとしても、一体どんな理由で……と尋ねても、分かるわけもないか」

「物証は何一つないが、想像ならばできる」

「何だって！　それは？」

「彼女が言ったように」崇は奈々を見てから続けた。「勝山がいなくなった時期だろうな」

「時期？」

「明暦三年だ」

「明暦……というと……」

ああ、と崇はビールを一口飲む。

「もちろん、明暦の大火だ」

「え？」

と尋ねる奈々に、

「今ここで、細かい説明は省くが」

と前置きして、崇はデンキブランのお代わりを注文しながら口を開いた。

「明和《めいわ》九年（一七七二）の目黒行人坂《ぎょうにんざか》の大火、文化《ぶんか》三年（一八〇六）丙寅《ひのえとら》の大火と並んで『江戸三大大火』と称され、その中でも頭抜けて甚大な被害をもたらしたこの大火は、明暦三年（一六五七）一月十八日午後二時頃に発生した。その日、本郷丸山《ほんごうまるやま》の本妙寺《ほんみょう》から出た炎は、強い北西風に乗って、湯島《ゆしま》、神田《かんだ》、日本橋をほぼ全焼させ、江戸の町の北東部は、殆ど焼け野原になった。浅草橋門は閉ざされ、神田川を渡れなかった人々は逃げ場を失い、この場所だけで、約二万人の町人が落命したという」

「二万人も！」

「しかし、風に乗った火の勢いは収まらず、炎は隅田川《すみだがわ》対岸まで渡り、深川で更に約一万人が焼死した。その炎が収まりかけた翌日の十九日。今度は早朝に小石川《こいしかわ》、新鷹《しんたか》匠町《じょうちょう》から出火した。その炎も、やはり北西の風に乗って、市谷《いちがや》、麴町《こうじまち》と延焼し、ついに江戸城天守を襲った。時の四代将軍・家綱《いえつな》は、何とか西の丸に避難したものの、正午過ぎには、当時日本最大を誇っていた天守閣が焼け落ちる」

「江戸城の天守閣が……」

「そこに追い打ちをかけるように、江戸城、西の丸近くから出火した。風は強い西風へと変わり、それに煽《あお》られた炎は、桜田門《さくらだもん》、新橋《しんばし》をも焼き尽くしながら海にまで達し、江戸の町の大半を焦土と化してしまったこの劫火《ごうか》は、二十日の朝になってようやく焼け止まった。この三日間での焼死者、十万余といわれてる」

細かい説明を省くと言ったわりには、かなり詳しい話に半ば呆れながらも、想像を遥かに超える凄惨な大火災ではないか、と感じた奈々は、

「でも……」身震いしながら尋ねる。「その大火と勝山太夫の関係は？」

「この明暦の大火に関しては、非常に謎が多くてね。一説では、幕府が関与していたんじゃないかともいわれている」

「幕府！　そんなに損害を被ったのに、どういうことですか？」

「ぼくも、その話は聞いたことがある」と宏樹が口を挟んできた。「当時幕府は、遊郭や芝居小屋を、江戸の端に移転させたかったらしいんだ。でも、彼らは動こうとしない」

「まさか、それで火をつけたと！」

「その他にも、乱雑なまま膨張しすぎてしまった江戸の町を、整備し直したかったという話もある。その証拠の一つとして、大火後、幕府はまるでこの大火を予想していたかのようなタイミングで、江戸中の道路を拡幅したというんだよ。上野広小路《うえのひろこうじ》などの『火除地《ひよけち》』を何ヵ所も造って、今まで戦略的に橋を架けていなかった隅田川にも、大きな両国橋《りょうごくばし》を架け、新たな武家屋敷《やしき》や町屋を造ることによって、密集していた江戸

の町を一気に整備し直した、とね」

「だからと言って――」

まだ納得しきれない奈々に向かって、崇が言う。

「実はそれ以上に、もっと怪しい状況証拠がある」

「もっと？」

崇は「まず」と言って口を開いた。

「火元といわれている本妙寺だ。当日、この寺で供養のために燃やされた、亡くなった若い女性の振袖が原因ということで、この火事は一般に『振袖火事』と呼ばれているんだが、いくら供養とはいえ、風が強いことが充分に分かっているそんな日に、境内で振袖を燃やすということが考え難《にく》い」

「でも、本当にそうだったのかも――」

「それだけじゃない。この寺は、大火の後も全くお咎めがなかったどころか、むしろ異例の厚遇を受けて昇格までしている」

「え――」

「更に本妙寺は、大火以来、二百六十年にもわたって、隣接している老中・阿部忠秋《あべただあき》の家から、莫大《ばくだい》な供養料をもらい続けた。だから一説では、本当の火元は老中邸だったが、本妙寺がその肩代わりをしたのではないかともいわれてるほどだ」

「それも、確かに怪しいですけど……」

まだ引っかかっていた奈々に向かって崇は、
実際に、と畳みかけた。

「その時、犯人らしき人物が捕縛されたという話も伝わっている」

「えっ」

「しかし、その犯人らしき男は、何の処罰も受けなかったという。当時は、実際に小夜衣もそうだったし、また八百屋お七のような、わずか十六歳の女性でも、火付けは火炙りの刑と決まっていた。しかも、お七に関して言えば、火付けといってもボヤですんだのにもかかわらずだ。ところがこの男は、すぐに釈放されて姿をくらましてしまった」

「じゃあそれは！」さすがに、奈々も驚いた。「どんな男だったんですか」

「『徳川実紀』や『加賀藩史料』によれば、有賀《ありが》藤五郎《とうごろう》という男だったそうだ」

「ありが——とうごろう！」

「冗談のような名前だな」崇は笑った。「これが事実ならば、おそらく、この男が幕府の手先となって、放火したと考えて間違いない。そう考えることによって、この大火に関する疑惑が全て解ける」

確かに。

これほど甚大な被害を出してしまった火災が、幕府の計画——陰謀だとは、すぐには考え難いが、今の崇の説明を聞くと……納得できてしまう。

そこで奈々は、

「……証明終わり《QED》ですか」

小さく呟いたが、

「いや」と、崇は首を横に振った。「物証が揃っているわけではないし、あくまでも、俺一人の意見だからな」

と苦笑して隣の宏樹を見た。

すると、なぜか宏樹は、目を大きく見開いたまま、ビールのジョッキを固く握りしめていた。

「どうした、小澤？」

尋ねる崇に宏樹は、

「い、いや……何でもない……」

と答えたものの、その目は明らかに泳いでいた。

何か思い出したのか、それとも何か思いついたのだろうか？

その様子を見てキョトンとしていた奈々の隣で、崇に向かって晴美が質問した。

「今のお話は、良く分かりました。でも、それがどうして勝山太夫と？」

つまり、と崇は答える。

「これは当時、吉原で何度も起こっていたことらしいんだが、重大な秘密事項を、気持ち良く酔った客が、寝物語で遊女にポロリと漏らしてしまったりしたため、その遊女が口止めされた」

「口止めって……」

「もちろん、大した秘密でなければ、何らかの金品が差し出されたかも知れないし、それこそ歌舞伎の『仮名手本忠臣蔵七段目』にも描かれているような、身請け話だったかも知れない。だが、それ以上の重大な秘密となると」

崇は奈々たちを見る。

「極秘裏に殺された」

「ということは！　もしかして勝山太夫も――」

「非常に可能性は高い。というより、それが失踪理由を一番論理的に説明できる。勝山の客は誰もが当時、地位も政治力も高い人間だったろうからね」

「じゃあ、その犯人は誰なんですか！」

「分からない」と崇はあっさりと答える。「幕府の上級役人か、それとも材木問屋関係者か」

「材木問屋って、紀伊国屋文左衛門たち？」

「彼らに関して言えば」

崇は、またしてもグラスを傾ける。酷い酒飲みだ、と奈々は思ったが、一向に気にする様子もなく崇は続けた。

「さっき『彼らなりの理由』があって、吉原で豪遊していたようだということを言ったろう。というのも彼らは、火事の多い江戸、そして吉原などの建物に使用する木材を、一手に引き受けていたからだ。そして、最初から家の寸法に合わせて木材を用意していたというから、非常に迅速に、かつ安価に家を建て直すことができた」

「用意周到すぎます！」

「だから、これはあくまでも俺の推測なんだが、彼ら材木商は、ただ単に吉原で散財していたのではなくて――」

「コネをつけようとしていたのかも知れませんね！」晴美が叫んだ。「もしくは、顔つなぎ」

「もっと言えば、ある種のキックバックだったのかも知れないな。事実、明暦の大火の際に彼らは、天文学的な売り上げを計上しているというのだから」

「そういうことだったんですね！」

ゆえに、と崇は言う。

「何一つ物証はないが、自ら好むと好まざるとにかかわらず、勝山がこの事件の真相に接してしまったという可能性は否定できない。だからこそ彼女は、あれほどまでに後世、もて囃されたということも考えられる。もちろん、実際に素晴らしい花魁――太夫だったことは間違いない。しかし、おそらくそれ以上に評価されている。というのも、それが彼女に対する供養と鎮魂だったからだ」

「なるほど、なるほど」

晴美は感心したように何度も頷いていたが……。

奈々の中で、江戸や吉原に関するイメージが、大きく塗りかえられていった。

奈々の想像を超えた、深い闇。

いや。一面の闇の中に、ポツンと浮かんだ微かな灯火。

それが、江戸・吉原なのではないか――。

そしてまた。話の内容にも驚いたが、崇がこんな文系の歴史に詳しいとは、こちらも想像していなかった。今までは単に、いいかげんでズボラでだらしのないダメ男だとばかり思っていた……。

その後、奈々たちは吉原や歌舞伎に関する話や、オカルト同好会の話などをして、崇と宏樹はデンキブランや生ビールを飲み、奈々と晴美は昔懐かしいクリームソーダを飲んでプリンアラモードを食べ、やがて散会となった。

＊

「では、また同好会で！」

　と言って、奈々と晴美の姿が地下鉄の入り口に消えてしまうと、まだ夕暮れ前だというのに、既に真っ赤な顔になっている宏樹に向かって、

「小澤」と崇が、さすがに少しふらつきながら言った。「おまえ、この幽霊事件に関与しているんだろう」

「えっ」

　宏樹は、一気に酔いが覚めたように真剣な顔に戻って崇を見た。

「タタル！　いきなりどうしてそんなことを――」

「それとも、俺の勘違いかな。しかし別に、今のところ特に犯罪性もないようだし、おまえが言いたくなければ俺は構わない。じゃあまた」

　と言って、ゆらりと歩き出そうとした崇の肩を、宏樹は後ろからつかんだ。

「ちょ、ちょっと待ってくれ！」

「何だ？」

「よ、酔い覚ましに、少し歩こう」

「それは良い提案だ」

崇は笑って宏樹と二人、待乳山聖天方面へとフラフラ歩きだした。しばらく無言のまま歩いていたが、宏樹は崇をチラリと覗き込むようにして見ると、

「タタルは……」と訊いた。「どうしてまた、そんなことを思ったんだ」

「何を？」

「だから、幽霊の話だよ。このぼくが関与してるなんて……」

「当てずっぽうだ」

「何だって！」

「というより、おまえが全く嘘を吐く必要のないところで、嘘を吐いたからだ」

「嘘……」

「俺は今年の正月、浄閑寺にお参りに来た。その時に見たんだよ」

「え？」

「おまえが、あの豪華なマンションに入って行くのをね。しかも、自分でオートロックを外して」

「あ……」

「ということは、小澤宏樹は、あのマンションの住人だ。となれば、自分の住んでいるマンションから、自殺した女性が出たという話は、普通だったら避けたいはずだ。

そして、もしもそんな話題になったとしても、参加しないだろう。だがおまえは、その女性の最期をみんなに詳しく話した。その上、浄閑寺の幽霊は、その女性ではないかとまで言った。つまり、その事件を隠すつもりは毛頭なかった」

「…………」

「しかし、その亡くなった女性と同じマンションに住んでいるということは隠したかった——。酷い矛盾だ」

「細かいところまで気がつく男だな」宏樹は苦笑した。「じゃあ、神谷バーでタタルの話を聞いて、ぼくが本心から驚いたことも分かっていたのか？」

もちろん、と崇は頷いた。

「だが、それは俺だけじゃない。あの北鎌倉から来ている女性——」

「棚旗さんか」

「そう。彼女も、違和感を覚えていたようだった」

「いつからタタルは、女性の心理にまで詳しくなったんだ？」

「ふん……」

崇は、つまらなそうに鼻で嗤う。そして言った。

「俺が、有賀藤五郎という名前を出した時だな」

「正解だよ」宏樹は、大きく嘆息した。「なあ、タタル。その藤五郎は、その後、どうなったと思う？」

「普通であれば、殺される。J・F・ケネディを射殺した、L・H・オズワルドのようにね。しかし、無事に釈放されたというのなら、そこで幕府と何らかの取引があったんだろうな。ひょっとすると、莫大な口止め料を手にして、地方で悠々自適の暮らしを続けたかも知れない」

「……ちょっと」宏樹は、隅田川沿いのベンチを指差して笑った。「あそこに座ろう。男二人じゃ、絵にならないけれど」

その言葉に崇も頷いて、芽吹き始めた桜の木が立ち並ぶ公園のベンチに、並んで腰を下ろした。

まだ冷たい川風にさらされながら、崇が煙草を取りだして火を点けると、

「……タタルの言う通りだ」

宏樹は隅田川に目をやったまま、溜め息と共に口を開いた。

「ぼくは、あのマンションに住んでる。でも、タタルも知っているように、ぼくは両親を亡くしてしまっているけれど、特に莫大な遺産を相続したわけでもない。かといって面倒を見てくれそうな近しい親戚《しんせき》兄弟もいなそうなのに、こうして大学に通いながら、どうして高級マンションに住めるのか、不思議に思うだろう」

「考えられる可能性なら、今思いつくだけでも七つある。全く不思議じゃない」

「タタルはそう言うが、一般的には根掘り葉掘り訊かれるよ」宏樹は笑った。「だから、ずっと隠していたんだ。いちいちその理由を説明するのが、面倒だったから。でも、タタルには言うよ。迷惑かも知れないが、聞いてくれ」

「確かに迷惑だな」

「そう言わず」

「とはいっても」と崇は苦笑いしながら、煙を吐いた。「きっかけを作ったのは、俺だからな。拝聴する」

「ありがとう」と微笑んで、宏樹は川面《かわも》に目をやって続けた。

「実を言うとぼくには、姉が一人いたんだ。ぼくが中学生の頃、両親が離婚して、姉は実家に戻った母親のもとで、ぼくは父親のもとで育てられた。それでも姉は、幼い頃と変わらず、ぼくをずっと可愛がってくれていた。やがて、母が亡くなり、続いて父が事業に失敗して、失意のうちに亡くなったんだが、殆ど遺産もなかったから、姉がぼくの学費や生活費を、面倒見てくれた。わずかばかりの家屋や土地も手放してしまって、ぼくはアパートに独り暮らしすることになっていたからね。大学入試も近づいていた頃だった」

「詳しい話は初めて聞いたが」さすがに崇も神妙な顔で頷いた。「優しいお姉さんで良かったな」

「本当だよ。しかも、ぼくが大学を卒業するまでは、お金の心配は一切しなくていい、就職したら少しずつ返してくれれば構わないからと言ってくれた。でもそれだって、多分、姉は受け取るつもりはなかったろうと思う」

「素敵なお姉さんだ」崇は宏樹を見た。「しかし、どうしてすべて過去形なんだ?」

ああ、と宏樹は頷く。

「その姉こそが、あのマンションで自殺したといわれている若い女性――若山紫なんだ。姓は母親のものだ」

「ほう……」

「そして、これは全て姉の死後に分かったことなんだけれど、彼女はある金持ちの男性の恋人――というより、実質上の愛人になってた。だからこそ、あんな高級マンションに住んでいられたし、ぼくの面倒までも見てくれることができた。もちろんぼくには、母親の実家の財産があったから気にしないでなんていう説明しかしなかったけれどね。それも疑わしかったんだが、当時は姉の言葉にすがるしかなかった。だから、姉が自殺したと聞いた時、それはショックだった。金銭的な面はもちろんだったけれど、自分で意識していた以上に精神的に頼っていたことを知らされた」

「唯一人の肉親だったんだからな」

ああ、と宏樹は淋しそうに嘆息した。

「そして姉の死後、愛人だったという男性に呼ばれて、二人で会った。その男性は、ある国会議員の秘書を務めている、谷垣治という三十過ぎの男だった。彼はもちろん、ぼくのことを知っていて、何度か話題にも出たと言った。だから彼は、ぼくに同情してくれて、これも何かの縁だから姉の遺志を継いで、ぼくが大学を卒業するまでは面倒を見させてもらうと言ってくれた」

「それもまた、ずいぶん心の大きな男性だ」

「だからぼくも、余りに突然のことだったけれど、よろしくお願いしますと頼み込んだんだ。卒業して無事に就職したら、お金はお返ししますと言ったんだが、姉の時と同様、谷垣さんは笑って、そんなことは気にせずともいいと言った」

「ますます幸運な話だ」

「いや、それどころか、どうせアパート代もかかるだろうから、姉のマンションに引っ越してきたらどうかと提案してくれた。あのマンションは仕事上の関係者の持ち物だから、どうしても手放しにくい。また、手放すとしても、自殺者が出た事故物件だから、かなり安く売りに出してもなかなか買い手がつかない。だから、谷垣さんがしばらく持っておくことになる。そこで『赤の他人なら嫌がるだろうが、紫さんに可愛がられていたきみなら大丈夫だろう。そして、彼女を毎日供養してやってくれないか』と言われたんだ。さすがにぼくも一瞬考えたけれど、とにかく家賃が浮くことを優先した。それに姉だったら、まさかぼくの前に化けて出て来ないだろうと思った」

「どちらにしても」崇は煙を吐く。「親族による供養が、一番重要だからな」

「そういうことらしい」宏樹は頷いた。「そこでぼくは、姉の住んでいた部屋に引っ越した。だが、そうは言っても最初はやっぱり何となく恐かったから、部屋中が線香臭くなるほどお香を焚《た》いた」

「確かに小澤の服には、いつもお香の匂いが染《し》みついていた」

「そりゃあ、そうだったろうな」宏樹は笑った。

「とにかくそうやって、一年半ほど過ぎた。そんなある日、突然、谷垣さんが急に部屋を訪ねて来た。ぼくは何事かと思って部屋に上げると、彼は真っ青な顔のまま、コートも脱がず、一気にまくしたてたんだ」

宏樹は一つ溜め息をつくと、更に続けた。

「仕事上で疑獄が発生して、おそらく明日、明後日《あさって》のうちに、自分は責任を押しつけられてクビになる。下手をしたら、逮捕投獄される可能性もある。だから、今夜のうちに東京を離れようと思っている。しかしその前に、きみに全てを伝えておきたい。決してメモになど残さず、しっかりと聞いて欲しい。但しこの話は、あくまでも個人的な問題なので、きみが政治的に巻き込まれることは決してない——と言ったんだ」

「紫さんのことか？」

「そうだ」

「紫さんは、本当は自分の愛人ではなかったと言ったのか」

えっ、と宏樹は目を見張った。

「どうして分かった！」

「谷垣という人の言動が、最初から不自然だ。というより、いくら国会議員秘書でも、あのマンションを購入してそこに愛人を住まわせ、更に、見ず知らずのおまえの生活費まで面倒を見るというのは無理があるしな。おそらく紫さんは、その国会議員の愛人だったんじゃないか」

「その通りだ」宏樹は大きく頷いた。「そして、その国会議員の名前は、有賀寛司」

「有賀……」

「今までも、さまざまな疑惑に関与してきたが、その度にうまく逃げ切っている男だ。というのも、有賀の家は三代続いている政治家で、表の世界だけではなく、裏社会にまで太いパイプがある。しかし、どうやってそんなコネを作ることができたのかは、未《いま》だに大きな謎になってる」

「あの有賀か……」

「それで、さっきのタタルの話で思ったんだ。ひょっとすると、明暦の大火で暗躍した、有賀藤五郎の血筋なんじゃないかってね。いや、これはあくまでも、ぼく一人の直感だ。しかし、もしも当時から続くその有賀ならば、かなり裏社会でも顔が利いただろうし、また一方では、大きな権力もバックについている。好き放題に動けたんじゃないか」

「その点に関しては、何とも言えないな」

「でも！」宏樹は身を乗り出した。「生前に姉が、吉原遊郭や明暦の大火に関する書物を読んでいたら、有賀が急に怒り出したと言って、電話でぼくにこぼしたことがあった。だから少なくとも、何らかの関係はあった」

「なるほど」崇は煙草を消すと、側に置かれた灰皿に放り込んだ。「少なくとも、何かの『縁』はある」

「そうなんだ」宏樹は頷いて続ける。「そして谷垣さんは、言った。その有賀が、姉と谷垣さんの間を疑っていたと」

「二人の仲を？」

「ああいう嫉妬深そうな男は、鼻が利くからね」宏樹は皮肉に笑う。「実際に谷垣さんは、姉のことが好きだったらしいし、姉もおそらくそう思ってた。というのも、有賀に頼まれて谷垣さんが姉一人の部屋を訪ねた時、酔っていた姉が谷垣さんに抱きついてきて泣いた、と言っていた。でもその時も、それ以降も、二人の間には何もなかったと谷垣さんは断言した」

「それも有賀が、わざと紫さんが一人の時を狙って、谷垣さんを行かせたのかも知れないな」

「ぼくも、そう思った。でも、本当に何もなかったらしい。しかし、三日後、谷垣さんは有賀に、姉のマンションまで緊急で呼び出された。そして到着してみると、姉がバスルームで血まみれになって倒れていた。有賀は『自殺した。後は頼む』と言って、大急ぎで立ち去ろうとしたという。驚いた谷垣さんは『警察へは？』と尋ねると有賀は『今は政治的に重要な時期だ。面倒は困る。この意味は分かるな』とだけ言い残して帰った。これは全て――愛人の件も含めて――自分に負わせるという意味だ、と谷垣さんは理解したらしい」

「愛人の件もか」

「マンションの名義だけは表面上姉になっていたから、問題ないと踏んだんだろう」

「遺書は？」

「ぼくもそれを訊いたんだけれど、なかったと言っていた」

　ということは、と崇は宏樹を見た。

「自殺ではなかった可能性も、あるというわけか」

「そうだ」宏樹は硬い表情で頷いた。「おそらく……有賀に殺された。谷垣さんも、すぐにそう感じたらしい。睡眠薬を飲まされて、意識朦朧《もうろう》のまま、手首を切られたんじゃないか、と」

「しかし、証拠はない」

「ひょっとすると、あったかも知れない。でも、当の谷垣さんが、綺麗に始末してしまったんだろう。だから姉は、ノイローゼになって発作的に自殺したという結論になった」

「紫さんの部屋に、ワープロなどは？」

「そんなシャレた物は持ってなかった」

「だが、鑑識が入れば、部屋からは有賀の指紋が発見される」

「谷垣さんの指紋だって、たくさん残ってる。何しろ谷垣さん自身が、姉は自分の彼女――という名の愛人――だったと言い張っているんだからね。それでもダメな時は、有賀得意の政治的圧力だ」

「マンションの、防犯カメラは？」

「有賀が自分の姿を残すはずはないよ。それに、万が一写り込んでしまっていたとしても、仲間の持ち物のマンションだ。どうにでもなる」

「一番事実を知っているはずの、谷垣さんはどうした？」

「故郷に戻った後……自殺した」

「自殺？」

「愛人にリストカットされて、更に仕事で失敗して国会議員秘書をクビになり、失意の自殺だ」

「非常に分かりやすいストーリーだが、説得力が全くない」

「怪しい話だよ。姉の件と政治的な疑獄と、二つの鍵を握っていたんだからね。姉同様、殺害された可能性は高い。でも、あの辺りの世界では、よくある話らしいな」

「江戸の昔から、か」

「そうだ」

しかし、と崇は言う。

「紫さんに関して言えば、これで万が一何かの物証が発見されたとしても、有賀は逃げ切れるというわけか。死人に口なし。全部、谷垣さんのせいにしてしまえばいい」

「その通りだよ」

「だが、そうなるとおまえは、これからどうするつもりなんだ？　まさか、有賀が面倒を見てくれるわけもないだろう」

「ぼくが、あのマンションに住んでいられたのも、おそらく有賀の指示だったんだと思う。余計なことまで知っていないか、変なことを喋ったりしないか。それを確かめるために、『籠』に入れておくことにしたんだろう」

「自分たちの身近で籠の鳥にしておいて、見張っていたんだな。同時に、おまえに恩も売れる。さすが政治家だ」

「そういうことだね」宏樹は、引きつりながら笑った。「でも、もう用済みになった。さすがにまだ向こうから話はないけれど、ぼくも当然、引っ越すつもりだ。そんな話を、有賀の私設秘書ともした」

「大学は？」

「何とか卒業までは続けたいから、今、物凄く遠い親戚のおじさんにかけ合ってる」

宏樹は苦笑する。「もちろんバイトもするから、同好会は脱会するつもりだ」

「そうか……」崇は真剣な顔で首肯した。「もしも、何か俺にできることがあれば、手を貸すよ。これも何かの縁だ」

「ありがとう」宏樹は本心から、素直に礼を言った。「でも、多分何とかなるさ。まだ、ジャーナリストになる夢は捨ててないから、大丈夫……。ということで」

と言って宏樹は、急に少年のような目つきになって崇を見た。

「あのマンションを引き払う前に、少しだけ悪戯《いたずら》をしたかった。今までの話を警察に訴え出ても、門前払いを食らうだけだろうし、マスコミに告げたって、有賀たちに簡単に握りつぶされてしまうに決まってる。それどころか、今度はこっちの身が危うくなる」

「そこで」と崇は苦笑した。「幽霊が出たというわけか」

「ご明察」宏樹は淋しそうに笑った。「姉や、おそらくは殺害されたと思われる谷垣さんたちの恨みを、少しでも晴らそうと考えた。また、幽霊が出るという噂が世間に広まれば、もしかして、もう一度姉の事件が注目されるかも知れないと思ってね」

「それで、自分が『幽霊』に化けて、夜な夜な浄閑寺に出没したというわけだな」崇は宏樹の顔と体型を眺めた。「確かにおまえなら、似合ってる」

「賞められている気がしないが」と宏樹は肩を竦めて続けた。「但しこの場合、普通のお化け屋敷のように、相手を大袈裟に驚かせる必要はないからね。チラリと、目撃されれば目的は達成するから、何も難しいことはなかった」

「だが、それがニュースにでもなって、有賀たちの耳に入るようになったら、また面倒だぞ」

「もちろん、最初からその手前で止めるつもりだった。だから、もう今は『出没』していない。ただ、噂を広めるだけでね」

「なるほど」

首肯する崇の顔を、宏樹はじっと覗き込んだ。

「それで……この話、みんなに言うのか？」

「以前にも話したことがあったと思うが」崇はその質問には答えず、最後の煙草に火を点けた。「目の前に幽霊が見える要因というのは、四つあるという話」

「確かに聞いたことがあるけど、どうしてまた急にそんな――」

崇は宏樹の言葉を無視して、

「一つめは――」

と言うと指を折った。

「『目の前に何も存在していないにもかかわらず、幽霊が見える』。つまり角膜から網膜、そして視神経から視覚中枢に信号が達するまでの間での何らかの障碍《しょうがい》によって、そこにないはずのモノが見えてしまう現象だ。これは脳の障碍というだけではなく、最も簡単な症例は、硝子体《しょうしたい》の濁りによる飛蚊症《ひぶんしょう》などがそうだ。

二つめ――。

『空間の歪みや揺らぎが、幽霊に見える』。これは単純で、蜃気楼《しんきろう》や逃げ水や、ブロッケンの山男などがそうだな。

三つめ――。

『「枯れ尾花」が幽霊に見える』。これも割合多い。恐怖心などが、ススキや白い布を幽霊と認識してしまう現象だな。『平家物語』や『源平盛衰記《じょうすいき》』などにもあるように、白河法皇が油注ぎをしていた法師を、火を吹く化け物に見間違えたという例が、歴史的にも一番有名だ。そして最後の四つめ――」

崇は指を折りながら言う。

「『幽霊が本当にいた』」

その言葉を聞いて、

「今回はどれかな」宏樹は、まだ戸惑いながらも言った。「ぼくが、わざと作ったから、三番目が近いか……」

「違う」

「えっ」

「四番目だよ」崇は笑った。「きっと、本当にいたんだ」

「じゃあ……」宏樹は、目を大きく見開いた。「タタルは、今のぼくの話を公表したり、どこかへ訴えたりするつもりはないのか」

「幽霊が出たことは、もうとっくに公表されてるじゃないか。それに、幽霊を訴えてどうするっていうんだ。さて——」崇は吸い殻を灰皿に放り込むと、大きく伸びをした。「酔いも適当に醒《さ》めたし、そろそろ帰るとするか」

「あ、ああ……」

「だが、せっかくここまで来たんだ。待乳山聖天をお参りして行く」

「ぼ、ぼくもつき合っていいか？」

宏樹の言葉に崇は、もちろんという表情で肩を竦めた。

そして、二人並んで歩き始めると、

「待乳山のもともとの名前は」と崇は言った。「真土山《まつちやま》といった。今は、その名前の意味に関しては省略するがね。とにかく——。ここには遊女本人だけでなく、彼女たちの子供も多く祀られているはずだ」

「きっと、水子も含めて……」

「当然な。それで『待乳山』とは、また悲しい名前だよ」

やがて、行く手に見えてきた、待乳山聖天の大きな寺号標を眺めながら、崇は呟くように言った。

「小澤は、江戸で怪談話があれほどまで流行した理由を知っているか？」

「いいや」

「今のおまえと、全く一緒だよ」

「えっ」

「おまえも良く知っているように、江戸では身分差別が激しかった。巷間《こうかん》言われるほどではなかったという説もあるが、心中の話の時にもしたように、事実、武士を頂点とするヒエラルキーは、厳然として存在していたため、たとえ武士からどんな酷いことをされても、町人にはどうすることもできない。だから、呪《のろ》った。そして、その恨みを自分の代わりに晴らしてくれるのが『幽霊』だった」

「ああ……」

「そこで、歌舞伎や講談を始めとして、町人たちの間に爆発的に広まった。『東海道四谷怪談《よつや》』や『番町皿屋敷』にしても『牡丹灯籠《ぼたんどうろう》』にしても、幽霊に襲われるのは、町人たちが抗《あらが》うことができなかった武士が殆どだ。つまり——一見、華やかで自由闊《かっ》達《たつ》に見える江戸町人たちも、実際にはそれくらいしか、本当の自由を許されなかったというわけだ」

「なるほど……」

「そして、ここもまた」

聖天の入り口に立って、崇は言った。

「遊女たちが『籠』から脱け出して、自由気ままに飛び回れる唯一の場所だったのかも知れない」

「じゃあ、もしかしたらぼくの姉も」宏樹は、泣き出しそうな顔で微笑んだ。「今もまだ、浄閑寺か、ここにいるかも知れない」

そうだ、と崇は宏樹を見た。

「閉じ込められた籠から脱け出して、自由にね。もしもそうだとしたら、立派なジャーナリストになりたいという小澤の願いも、聞き届けてくれるかも知れないぞ。さあ、お参りしようか」

そう言うと崇は宏樹の背中を軽く叩き、二人は聖天の石段を並んで登って行った。

＊

それから十数年後――。

有賀寛司は、政界を揺るがす大きな汚職事件の首謀者として逮捕起訴され、政界から完全に姿を消すことになる。今まで築いてきた地位も名誉も、一夜にして全て失ったのだった。

そしてその陰には、巨悪を眠らせぬために寝食を忘れて奔走した、一人の若い男性ジャーナリストがいたといわれている。

参考文献

『にごりえ・たけくらべ』樋口一葉／新潮社
『江戸の花街』三田村鳶魚／朝倉治彦編／中央公論社
『鬼の大事典』沢史生／彩流社
『日本架空伝承人名事典』大隅和雄・西郷信綱・阪下圭八・服部幸雄・廣末保・山本吉左右編／平凡社
『日本伝奇伝説大事典』乾克己・小池正胤・志村有弘・高橋貢・鳥越文蔵編／角川書店
『隠語大辞典』木村義之・小出美河子編／皓星社
『日本史広辞典』日本史広辞典編集委員会編／山川出版社
『知らざあ言って聞かせやしょう』赤坂治績／新潮社
『東京地名考』朝日新聞社会部編／朝日新聞社
『歴史群像シリーズ　図解・江戸の遊び事典』河合敦監修／学習研究社
『歴史群像シリーズ　図解・江戸の暮らし事典』河合敦監修／学習研究社
『大江戸「古地図」大全』菅野俊輔監修／宝島社
「江戸の華　吉原遊廓」双葉社

「歴史の中の遊女・被差別民　謎と真相」新人物往来社
「歴史の中の聖地・悪所・被差別民　謎と真相」新人物往来社
「浮世絵絵画集　名刹　待乳山聖天と周辺地域」待乳山本龍院
「吉原今昔細見」吉原商店会
「吉原現勢譜今昔図」葭之葉会
「浄閑寺と荷風先生」浄閑寺

この作品は完全なるフィクションであり、
実在する個人名・団体名・地名等が登場することに関し、
それら個人等について論考する意図は全くないことを
ここにお断り申し上げます。

『軍神の血脈　楠木正成秘伝』
（以上、講談社単行本、講談社文庫）
『毒草師　白蛇の洗礼』
『QED　憂曇華《うどんげ》の時』
『古事記異聞　鬼棲む国、出雲』
『古事記異聞　オロチの郷、奥出雲』
『古事記異聞　京の怨霊、元出雲』
『試験に出ないQED異聞　高田崇史短編集』
（以上、講談社ノベルス）
『毒草師　パンドラの鳥籠』
（以上、朝日新聞出版単行本、新潮文庫）
『七夕の雨闇　毒草師』
（以上、新潮社単行本、新潮文庫）
『卑弥呼の葬祭　天照暗殺』
（以上、新潮社単行本、新潮文庫）
『源平の怨霊　小余綾《こゆるぎ》俊輔の最終講義』
（以上、講談社単行本）

《高田崇史著作リスト》

『QED　百人一首の呪《しゅ》』
『QED　六歌仙の暗号』
『QED　ベイカー街の問題』
『QED　東照宮の怨《えん》』
『QED　式の密室』
『QED　竹取伝説』
『QED　龍馬暗殺』
『QED ～ventus～　鎌倉の闇《くらやみ》』
『QED　鬼の城伝説』
『QED ～ventus～　熊野の残照』
『QED　神器封殺』
『QED ～ventus～　御霊将門』
『QED　河童伝説』
『QED ～flumen～　九段坂の春』
『QED　諏訪の神霊』
『QED　出雲神伝説』
『QED　伊勢の曙光』
『QED ～flumen～　ホームズの真実』
『QED ～flumen～　月夜見《つくよみ》』
『QED ～ortus～　白山の頻闇《しきやみ》』
『毒草師　QED Another Story』
『試験に出るパズル』
『試験に敗けない密室』
『試験に出ないパズル』
『パズル自由自在』
『千葉千波の怪奇日記　化けて出る』
『麿の酩酊事件簿　花に舞』
『麿の酩酊事件簿　月に酔』
『クリスマス緊急指令』
『カンナ　飛鳥の光臨』
『カンナ　天草の神兵』
『カンナ　吉野の暗闘』
『カンナ　奥州の覇者』
『カンナ　戸隠の殺皆』
『カンナ　鎌倉の血陣』
『カンナ　天満の葬列』
『カンナ　出雲の顕在』
『カンナ　京都の霊前』
『鬼神伝　龍の巻』
『神の時空　鎌倉の地龍』
『神の時空　倭の水霊』
『神の時空　貴船の沢鬼』
『神の時空　三輪の山祇』
『神の時空　嚴島の烈風』
『神の時空　伏見稲荷の轟雷』
『神の時空　五色不動の猛火』
『神の時空　京の天命』
『神の時空　前紀　女神の功罪』
（以上、講談社ノベルス、講談社文庫）
『鬼神伝　鬼の巻』
『鬼神伝　神の巻』
（以上、講談社ミステリーランド、講談社文庫）

●この作品は、二〇一七年十一月に、講談社ノベルスとして刊行されたものです。

|著者|高田崇史　昭和33年東京都生まれ。明治薬科大学卒業。『ＱＥＤ 百人一首の呪』で、第９回メフィスト賞を受賞し、デビュー。歴史ミステリを精力的に書きつづけている。近著は『源平の怨霊　小余綾《こゆるぎ》俊輔の最終講義』『QED　憂曇華《うどんげ》の時』『古事記異聞　京の怨霊、元出雲』など。

ＱＥＤ《キューイーディー》　〜ortus《オルタス》〜　白山《はくさん》の頻闇《しきやみ》
高田崇史《たかだたかふみ》

講談社文庫
定価はカバーに
表示してあります

2020年９月15日第１刷発行

発行者――渡瀬昌彦
発行所――株式会社　講談社
東京都文京区音羽2-12-21　〒112-8001
電話　出版（03）5395-3510
　　　販売（03）5395-5817
　　　業務（03）5395-3615

Printed in Japan

デザイン―菊地信義
本文データ制作―講談社デジタル製作
印刷―――豊国印刷株式会社
製本―――株式会社国宝社

ISBN978-4-06-520170-1

講談社文庫刊行の辞

二十一世紀の到来を目睫に望みながら、われわれはいま、人類史上かつて例を見ない巨大な転換期をむかえようとしている。

世界も、日本も、激動の予兆に対する期待とおののきを内に蔵して、未知の時代に歩み入ろうとしている。このときにあたり、創業の人野間清治の「ナショナル・エデュケイター」への志を現代に甦らせようと意図して、われわれはここに古今の文芸作品はいうまでもなく、ひろく人文・社会・自然の諸科学から東西の名著を網羅する、新しい綜合文庫の発刊を決意した。

激動の転換期はまた断絶の時代である。われわれは戦後二十五年間の出版文化のありかたへの深い反省をこめて、この断絶の時代にあえて人間的な持続を求めようとする。いたずらに浮薄な商業主義のあだ花を追い求めることなく、長期にわたって良書に生命をあたえようとつとめるところにしか、今後の出版文化の真の繁栄はあり得ないと信じるからである。

同時にわれわれはこの綜合文庫の刊行を通じて、人文・社会・自然の諸科学が、結局人間の学にほかならないことを立証しようと願っている。かつて知識とは、「汝自身を知る」ことにつきていた。現代社会の瑣末な情報の氾濫のなかから、力強い知識の源泉を掘り起し、技術文明のただなかに、生きた人間の姿を復活させること。それこそわれわれの切なる希求である。

われわれは権威に盲従せず、俗流に媚びることなく、渾然一体となって日本の「草の根」をかたちづくる若く新しい世代の人々に、心をこめてこの新しい綜合文庫をおくり届けたい。それは知識の泉であるとともに感受性のふるさとであり、もっとも有機的に組織され、社会に開かれた万人のための大学をめざしている。大方の支援と協力を衷心より切望してやまない。

一九七一年七月

野間省一